LA FORTERESSE
DES SIX LUNES

K. H. SCHEER
ET CLARK DARLTON

LES AVENTURES
DE PERRY RHODAN

LA FORTERESSE
DES SIX LUNES

EDITIONS FLEUVE NOIR
6, rue Garancière — PARIS VIᵉ

Le titre allemand de cet ouvrage est :

FESTUNG DER SECHS MONDE

Traduction de Jacqueline M. OSTERRATH.

*Edition originale parue dans
notre collection Anticipation sous le n° 313*

AVANT-PROPOS

1971

Au moment d'alunir, une force mystérieuse déroute la fusée Astrée, et la contraint à se poser. Le commandant Perry Rhodan et son second, Reginald Bull, découvrent un spationef inconnu et y sont reçus par deux Arkonides, Krest, savant dépositaire de la science d'Arkonis, atteint de leucémie, et Thora, commandante du vaisseau. En échange des soins du docteur Haggard, les Arkonides fournissent à Perry Rhodan le moyen d'empêcher la guerre atomique.

L'Astrée atterrit dans le désert de Gobi pour se soustraire aux influences et aux convoitises diverses. Le plus petit — mais le plus puissant — des Etats est né : la Troisième Force.

Le péril commun a uni Russes, Chinois et Occidentaux. Une lutte féroce s'engage. Le vaisseau de Thora est détruit sur la lune. Rhodan va passer commande de matériel à Los Angeles et constitue la Légion des Mutants. Il se rend à la base de l'O.T.A.N. pour tenter une alliance : un compromis est accepté. La Troisième Force est reconnue comme Etat souverain. Devant la

*somme exorbitante — sept millions de dollars — réclamée
par Pékin pour le terrain occupé par la Troisième Force,
Rhodan a recours à Harver G. Adams — Financier
Général — et en fait son ministre des Finances. Grâce à
son habileté, la Troisième Force devient le pays le plus
riche du Monde.*

*Un nouveau péril apparaît : les Vams, insectiformes
géants, semblent vouloir attaquer la Terre. La menace se
précise : quelques hauts fonctionnaires ont fait montre de
réactions bizarres.*

*En effet, les Vams ont le dangereux pouvoir de
substituer leur volonté à celle des hommes. Perry Rhodan,
en reconnaissance sur Vénus, revient organiser la défense
et les Vams sont vaincus. Il repart sur Vénus et y découvre
une colonie arkonide. Le commandant en est un immense
cerveau positronique qui a conservé « en mémoire » les
instructions du dernier commandant.*

*Perry, offrant toutes les qualités pour prendre la relève,
devient le nouveau maître des Arkonides.*

*Une escadre est signalée dans le secteur de Véga, sur la
Huitième Planète. Perry et son équipe s'y rendent et y
découvrent un peuple autochtone, les Ferroliens, près de
succomber dans une lutte inégale contre les Topsides,
lézards humanoïdes.*

*Ferrol est tombé. Les Sichas, peuple de montagnards,
lancent un appel à la résistance et multiplient les attentats.
Grâce aux mutants de sa milice, Rhodan s'empare de la
plus belle unité de la flotte topside, un croiseur de bataille,
volé aux Arkonides et leur inflige une sévère défaite ; il
repart, traînant avec lui deux cents astronefs végans,
rescapés de l'invasion. Une base provisoire est liée à
Iridul. Elle prépare le retour de Rhodan et de son équipe
pour délivrer les habitants de Ferrol...*

PREMIÈRE PARTIE

CHAPITRE PREMIER

Le croiseur cosmique disparut soudain.

Il venait, un instant plus tôt, de dépasser l'orbite de Véga XLII. Sa vitesse atteignait celle de la lumière ; il avait alors plongé dans l'hyperespace, pour un « saut » de vingt-sept années de lumière, qui le ramènerait au large de Sol III.

Or, dans cette cinquième dimension, où n'existent plus ni le temps ni nos trois dimensions coutumières, un corps se dématérialise. La gigantesque sphère de l'astronef, d'un diamètre de huit cents mètres, conservait, cependant, son essence. Mais sous une autre forme. Il en allait de même de ses passagers.

Perry Rhodan ne s'était pas résigné de gaieté de cœur à cette plongée dans l'hyperespace. Un cerveau électronique assurerait, automatiquement, la manœuvre : elle n'en restait pas moins des plus risquées, avec un équipage trop réduit, à bord d'un navire qu'il connaissait mal.

Le croiseur avait été construit par les Arkonides, dont la race, jadis puissante, régnait encore sur un immense empire stellaire. Mais des ennemis, toujours plus nombreux, les menaçaient à présent de toute part.

Les Topsides, humanoïdes évolués à partir du saurien, comptaient parmi les plus redoutables de ces adversaires. Ils s'étaient emparés du croiseur, devenu la plus belle unité de leur flotte spatiale, infiniment supérieure en force aux astronefs des Ferroliens, habitants de la huitième planète du système de Véga, que les Topsides venaient de conquérir.

Perry Rhodan, avec l'aide de sa fidèle équipe de mutants aux dons exceptionnels, avait repris le croiseur de haute lutte. A présent, il ralliait la Terre, où il compléterait son équipage, avant de remettre le cap sur Véga VIII, pour y seconder ses alliés ferroliens dans leur lutte contre l'envahisseur.

Le cerveau positronique de l'*Astrée II* (C'est ainsi que Rhodan avait baptisé le croiseur.) enregistrait, grâce à ses psychomètres, les réactions mentales des Terriens au cours de la plongée et les classait dans les réserves de ses banques mémorielles. Puis, au moment de la réémersion dans l'espace normal, il veillerait à ce que les robots et les servo-pilotes assurent le relais, au cas où l'équipage en serait incapable, ayant eu à souffrir de la « dématérialisation ».

A l'instant du saut, une clarté pourpre flamboya dans le poste central, tandis que Perry Rhodan ressentait une brusque souffrance qui le déchira comme une lance de feu.

Sur le siège du copilote, Reginald Bull — son ami, son second, qui l'avait accompagné, à bord de l'*Astrée I*, la première fusée lunaire lancée par les Forces spatiales des Etats-Unis d'Amérique — gémissait de douleur.

Rhodan perdit connaissance.

Lorsqu'il revint à lui, par paliers douloureux, la froide clarté des tubes luminescents remplaçait le halo rouge où s'étaient dissous les contours du poste central ; un robot, penché sur lui, venait de lui faire une piqûre ; le puissant cordial — l'une des drogues-miracle mises au point par les Arkonides, ces routiers du Cosmos — acheva de lui rendre sa lucidité.

Bull subissait le même traitement ; il ouvrit les yeux, s'étira et bâilla.

— J'ai l'impression d'avoir dormi longtemps, mais je suis encore fatigué. Avons-nous réussi ?

Il parlait, de toute évidence, de la plongée.

— Oui. Du moins à première vue, répondit l'astronaute. Il nous reste maintenant à vérifier notre position ; j'avais programmé le cerveau P pour qu'il nous ramène juste au-delà de l'orbite de Pluton.

— Ne vaudrait-il pas mieux, d'abord, nous occuper des autres ?

— Pourquoi ? Tout s'est bien passé pour nous ; pour eux aussi, probablement. D'ailleurs, les robots-infirmiers ne sont pas là pour rien !

Au-dessus du tableau de commandes, un écran s'illumina ; une image s'y précisa peu à peu. Cette étoile jaune, à bâbord, ne pouvait être que le Soleil ; les deux hommes le reconnurent avec la même émotion. Droit devant l'astronef, un globe scintillait faiblement, que recouvrait, blanchâtre, une croûte de glace : Sol IX.

— La garnison de notre base de Pluton ignore l'existence de notre nouveau croiseur. Grâce aux détecteurs de structure, l'émersion a dû être signalée, et l'alarme donnée. Envoie donc un message, pour nous faire reconnaître.

Ces détecteurs étaient une invention des Arkonides ; ils réagissaient, à des vitesses supraluminiques et sur des distances énormes, à tout ébranlement du réseau structurel de l'espace à quatre dimensions, localisant ainsi l'apparition d'un astronef hors de l'hyperespace. Les savants d'Arkonis avaient, depuis des millénaires, reconnu que la gravitation n'était rien d'autre qu'un rayonnement énergétique quintidimensionnel, à la propagation instantanée.

Bull appela Pluton. Il utilisait un simple poste de fabrication terrienne, et non l'hyperémetteur du bord dont le rayon d'action s'étendait sur des années de lumière.

— Perry Rhodan appelle Pluton ! Signalez notre arrivée à Galactopolis. Des instructions plus détaillées suivront. Ne relâchez pas votre vigilance. Stop et fin.

Il coupa la communication.

— Préviens aussi la Terre, conseilla Rhodan. Sinon, Freyt serait capable de lancer contre nous ses escadrilles de chasse ; notre aspect, je l'avoue, n'est guère fait pour inspirer confiance ! Ce croiseur est d'un diamètre dix fois supérieur à celui de la *Bonne Espérance :* cette dernière n'était vraiment qu'un très petit navire, comme les douze chaloupes que nous avons à bord ! Sers-toi de l'hyperémetteur ; mais focalise le faisceau d'ondes : que l'on ne nous entende qu'à Galactopolis.

En quelques secondes, la liaison fut établie avec la capitale de la Troisième Force, la cité neuve construite dans les déserts de Mongolie.

— Interrompez aussitôt toute émission par hyperondes, ordonna Bull. Contentez-vous de capter notre message. Voici, en bref, notre rapport : La *Bonne Espérance* a été détruite, lors de combats engagés contre les Topsides, une race non humaine et féroce. Les Topsides (qui vivent, depuis des siècles, sur le pied de guerre avec les Arkonides) règnent sur trois systèmes solaires, aux frontières du Grand Empire, à huit cents années de lumière d'ici. Ils se proposaient d'attaquer notre Terre, mais, par suite d'une erreur, dévièrent de leur route et parvinrent dans le système de Véga. La prenant pour Sol III, ils attaquèrent Ferrol, la huitième planète de ce système. Nous nous sommes, par la force des choses, trouvés engagés dans le combat. Les Ferroliens devinrent nos alliés. Ils nous aidèrent à nous emparer d'un croiseur arkonide, tombé aux mains de l'ennemi et grâce auquel nous avons remporté la victoire.

« Nous nous trouvons actuellement à bord de ce croiseur. Nous atterrirons dans une heure, à Galactopolis. Avertissez les Gouvernements de la Terre, pour éviter toute panique : ce géant de l'espace — un astronef en forme de sphère, d'un diamètre de presque un kilomètre — est un navire de la Troisième Force, et non pas un envahisseur ! Stop et fin.

Un homme, pendant ce temps, venait d'entrer dans le poste central ; mince et très grand, il donnait une curieuse impression de jeunesse, en dépit de ses cheveux blancs ; il avait le front haut, et des yeux couleur de rubis. Il s'agissait de Krest, l'un des derniers savants d'Arkonis. Alors qu'il se trouvait en mission, à la recherche d'une mystérieuse « Planète de Jouvence », son astronef avait fait naufrage sur la Lune. Devenu l'ami de Rhodan, qui l'avait ramené sur la Terre, il avait pris part à l'expédition dans le Système de Véga.

— Les Topsides, dit-il en souriant, auraient facilement conquis votre planète avec ce navire. Il est heureux qu'il soit tombé intact entre nos mains.

Il s'était exprimé dans la langue d'Arkonis ; Rhodan et Bull la parlaient aussi couramment, grâce à l'indoctrinateur, ce merveilleux appareil d'enseignement par hypnose.

— La bombe atomique a du bon ! commenta Bully.

— Comment l'entendez-vous ? demanda le Stellaire, étonné.

— Sans elle, existerait-il aujourd'hui des mutants ? Ces êtres capables de lire dans la pensée, de se téléporter d'un bout du monde à l'autre, d'agir par télékinésie ? Les radiations ont activé, dans le cerveau humain, des facultés latentes, encore insoupçonnées. Nous avons à bord dix-huit de ces mutants : faute de leur aide, notre *Astrée* serait encore, à l'heure actuelle, le vaisseau-amiral et l'orgueil des Topsides !

— Je m'incline devant votre logique admirable, mon cher Bull, répondit le Stellaire en riant.

Puis, soudain, il reprit son sérieux.

— J'espère seulement que l'avenir justifiera votre optimisme. Les Topsides, ne l'oubliez pas, se sont solidement retranchés dans le Système de Véga. Or, de Véga à Sol, il n'y a pas loin. Gagner une bataille ne suffit pas pour gagner une guerre : il va nous falloir retourner là-bas.

— N'ayez aucune inquiétude, Krest, interrompit Rhodan. J'ai envoyé, de Véga, cinq hypermessages à Galactopolis ; je ne doute pas que l'on ait suivi mes instructions à la lettre. Lorsque nous débarquerons, nous trouverons, à nous attendre, un équipage bien entraîné et des escadrilles de chasseurs cosmiques prêtes à la lutte. Dans quelques semaines — quelques jours peut-être ! — nous aurons repoussé les Topsides jusqu'aux confins de l'univers !

— Ne vendez pas la peau de l'ours... dit l'un de vos proverbes, je crois ?

Rhodan sursauta ; il n'avait pas entendu entrer Thora, la commandante de l'astronef détruit sur la Lune. Sa voix froide vibrait d'ironie méprisante, que démentait l'éclat plus doux de ses yeux d'ambre. L'astronaute eût donné beaucoup pour connaître ses sentiments réels : tout d'abord, elle avait tenu les Terriens pour des créatures nuisibles, qu'elle eût volontiers détruites, sans hésitation ni pitié. Puis, avec le temps, son intransigeance s'était atténuée quelque peu.

Ne finissait-elle pas, même, par éprouver comme de la sympathie pour ces barbares ? Ou pour l'un de ces barbares, plus particulièrement ?

Nécessité, d'ailleurs, faisait loi : sans leur aide, sans le croiseur cosmique en construction à Galactopolis, jamais elle ne pourrait revoir Arkonis. Le sachant, elle avait pris patience, rongeant son frein. Et maintenant, la situation venait brusquement de changer : l'*Astrée II* pouvait, en se jouant, franchir les quelque trois cent mille années de lumière qui séparaient les deux planètes : la Stellaire n'allait-elle pas exiger un départ immédiat ? Que deviendrait alors la Troisième Force, privée de l'appui des Stellaires ?

— Vous avez raison, Thora ; il est encore trop tôt pour chanter victoire. Je n'étais pas sans inquiétudes, je l'avoue, avant de risquer cette plongée dans l'hyperespace. Mais nous avons réussi, et nous réussirons encore, en retournant à Ferrol par le même chemin : et bien armés, cette fois ! Nous ne laisserons pas aux Topsides la moindre chance d'attaquer la Terre ; ils ne connaissent pas, d'ailleurs, sa position.

— Des inquiétudes, répéta la Stellaire. Vous avouez donc en avoir éprouvé ? Avouez aussi que vous vous trouvez dans une impasse ! La Terre, pour la première fois de son histoire, risque un pas dans le Cosmos, et déjà elle se heurte aux pires difficultés ! Les Extraterrestres vous harcèlent. Vous n'avez repoussé quatre

invasions de votre planète que grâce à notre aide. Et,
maintenant, vous vous mêlez de décider du sort de
Véga. Est-il juste de vous immiscer là, dans un domaine
politique et militaire qui est celui du Grand Empire ?

— Oui, très juste. Vous oubliez trop facilement que
votre race, et le Grand Empire avec elle, sont en pleine
décadence ! Votre astronef naufragé sur la Lune, vous
avez été bien incapable de réparer ses avaries ; il a fallu
qu'une fusée terrienne — combien primitive ! — vienne
à votre secours. Sans elle, vous en seriez encore à
croupir au fond d'un cirque lunaire. Ou bien vous seriez
déjà morte, vos réserves de vivres et d'oxygène épui-
sées !

Krest s'approcha de la Stellaire et lui posa doucement
la main sur l'épaule.

— Faites confiance à Rhodan, Thora. Lui et moi,
nous sommes devenus des amis, des alliés dans la lutte
contre un ennemi commun. Et cette union seule assure
notre force. Si nous voulons, un jour, revoir Arkonis,
c'est à lui que nous le devrons.

Thora, sans répondre, détourna la tête. Krest avait
raison, elle le savait bien. Mais elle se refusait, orgueil-
leuse, à l'admettre — ouvertement, du moins.

L'*Astrée* avait, depuis longtemps, dépassé l'orbite de
Saturne. Jupiter, un instant, apparut, puis s'effaça des
écrans. Ce n'est que passé l'orbite de Mars que l'astronef commença de décélérer. Perry Rhodan se préparait
à l'atterrissage sur Sol III, la planète-mère.

Les premiers messages furent échangés par radio. Le
colonel Freyt, président intérimaire de la Troisième
Force en l'absence de Rhodan, confirma la bonne

réception des ordres lancés de Véga par hyperondes ;
tout était prêt.

Les yeux de l'astronaute, à cet instant, croisèrent ceux
de Thora. Il hocha légèrement la tête, sans manifester
son triomphe. Bully montra beaucoup moins de tact.

— J'avais toujours dit que tout marcherait bien !
s'exclama-t-il. A nous, Terriens, rien d'impossible !
Commandant, dois-je m'occuper des hommes, qu'ils se
tiennent parés pour l'atterrissage ?

— Oui, fais le nécessaire, répondit distraitement
l'astronaute.

Ses pensées l'emportaient déjà vers la Terre, maintenant si proche, et vers l'avenir.

*
* *

Juillet 1975.

La plus grande activité régnait à Galactopolis.

La puissante métropole se dressait sur les bords du lac
salé de Goshun, au milieu du désert de Gobi. Un carré
de deux cents kilomètres de côté constituait le territoire
de la Troisième Force ; ses frontières étaient hermétiquement closes. Juste au centre, un dôme d'énergie,
invisible, infrangible, protégeait le cœur même du
nouvel empire : un gigantesque cerveau positronique.
Aux alentours, nettement séparés des zones d'habitation, de vastes hangars abritaient plus de cinquante
mille ouvriers spécialisés ; il en eût fallu cinq cent mille,
sans la présence infatigable d'une armée de robots.
Galactopolis comptait deux cent trente mille habitants,
tous triés sur le volet.

Bien défendus par des patrouilles de robots-soldats,
deux terrains d'aviation et un spatioport s'étendaient en

bordure de la ville ; trois des escadrilles de chasseurs cosmiques, construites sur la Terre, s'y trouvaient réunies : au total, cent soixante appareils de combat, n'attendant plus que l'ordre de décoller.

L'*Astrée* apparut enfin dans le ciel ; elle ne fut d'abord qu'un point minuscule, qui grossit rapidement, et chacun, à sa vue, se sentit frappé de stupeur : sa taille confondait l'imagination ! Elle cacha bientôt le soleil, étendant son ombre gigantesque sur Galactopolis.

Elle plana un instant au-dessus de la coupole d'énergie, comme un ballon captif ; puis, descendant avec une majestueuse lenteur, vint se poser sur le spatioport.

Perry Rhodan fut le premier à mettre pied à terre. Un homme se hâta vers lui ; grand et maigre, il avait dans les trente-sept ans. De petites rides, au coin de ses yeux, démentaient la sévérité de son visage : il devait, à l'occasion, ne manquer ni de gaieté ni d'humour.

— Bienvenue sur la Terre, monsieur ! dit-il. Nous nous réjouissons de votre retour.

— Merci, colonel Freyt. Mais votre joie, je le crains, ne sera que de courte durée.

Freyt ne dissimula pas sa consternation :

— Allez-vous repartir ?

Du geste, Rhodan montra l'énorme sphère.

— Ne me demandez-vous pas plutôt ce qu'est cet engin, Freyt ? J'admire votre maîtrise de vous-même !

— La curiosité ne compte pas au nombre de mes défauts. Vous finirez bien, j'imagine, par me donner tous les détails sur votre voyage et cet astronef. Alors, pourquoi donc vous presserais-je de questions ?

— Très juste. Et je suis encore plus impatient d'entendre votre rapport, que vous le mien. Bull surveille, pour l'instant, le débarquement de l'équipage et son transport en ville. Je vous accompagne : conférence générale dans deux heures. Veillez à réunir l'état-major et toutes les personnalités voulues, que nous puissions en appeler aux spécialistes, si nécessaire. Mais, avant toute chose, Freyt, dites-moi si tout va bien ici.

— Tout va parfaitement bien.

L'hélicoptère du colonel amena Rhodan, Thora et Krest à Galactopolis, où la population leur réserva un accueil enthousiaste.

Les deux heures suivantes passèrent comme des secondes ; puis les dirigeants de la Troisième Force — ainsi que l'on avait nommé ce nouvel Etat, né de l'alliance des Arkonides et des Terriens — se rassemblèrent, pour la conférence projetée.

Rhodan ouvrit la séance.

— La joie que vous avez manifestée de notre retour nous est allée droit au cœur. Mais il me faut, dès l'abord, vous avertir que nous ne sommes revenus que pour repartir, dans les plus brefs délais, une fois complétés l'armement et l'équipage de notre nouveau croiseur. Je vous parlerai tout à l'heure de ce que fut notre expédition sur Véga. Je voudrais, auparavant, entendre le rapport du colonel Freyt.

— Nous avons clairement capté vos messages envoyés de Véga. Nous sommes donc au courant, dans les grandes lignes, de la situation. Selon vos ordres, nous avons aussitôt soumis deux cent cinquante spécialistes et soldats d'élite à l'enseignement accéléré de l'indoctrinateur : vous aurez, avec eux, l'équipage qui vous manquait encore. De plus, les mutants cantonnés sur Vénus ont terminé leur stage ; leurs qualités suprahumaines se sont développées de la manière la plus satisfaisante ; il n'y a que Nomo Yatuhin à ne pas être encore tout à fait au point. Tous les autres sont prêts à l'action ; je les ai fait ramener de Vénus sur la Terre.

— Très bien. Et les robots ?

— Nous en avons retrouvé un certain nombre, intacts, dans l'épave du croiseur ; il s'agit, pour la plupart, de robots-techniciens, capables d'effectuer n'importe quelle réparation. En avez-vous l'usage ?

— Mais naturellement, colonel. Surtout à bord d'un aussi grand navire. A propos, où en êtes-vous de la construction de notre propre croiseur ?

— Les travaux se poursuivent, selon les plans des Arkonides. Mais il nous faut du temps : une année. Davantage, peut-être. Bien qu'il ne soit pas aussi gros que celui que vous avez ramené de Véga.

— Joli petit canot, n'est-ce pas ? interrompit Bully, avec autant de vanité que s'il avait, lui-même, construit le « canot » en question.

Mais Rhodan ne se laissa pas distraire.

— Quelle est la situation sur la Terre ? reprit-il. Du nouveau, en politique ? Un gouvernement mondial s'est-il, enfin, constitué ?

— Malheureusement non, répondit Freyt, en secouant la tête. Il faut plus de quelques mois pour venir à bout de millénaires de méfiance ou de haine ! Certes, vous avez pu, avec l'aide des Arkonides et de leurs armes, interdire une guerre atomique et imposer la paix dans le monde. C'est déjà beaucoup. N'exigez pas trop vite la création des Etats-Unis de la Terre ! Voici, en revanche, une bonne nouvelle, et que je tiens pour importante : Allan D. Mercant est parvenu, avec l'appui de ses collègues de Chine et de Russie, à unifier les organismes de défense de la planète : la F.D.T. — Fédération de Défense Terrienne — est née.

Allan D. Mercant était le chef des services spéciaux du bloc occidental et, de ce fait, une toute-puissante éminence grise. Ayant vite reconnu l'importance du rôle politique de la Troisième Force, il en avait, jadis, facilité les débuts.

— Toujours mieux que rien ! commenta Rhodan. Passons maintenant à mon propre rapport : lors de notre arrivée dans le Système de Véga, nous sommes tombés en pleine bataille. Des envahisseurs venus de l'espace, les Topsides (une race évoluée à partir du saurien) attaquaient les habitants de Véga VIII, les Ferroliens. Ces derniers furent contraints de se replier sur Rofus, la neuvième planète. Nous avons pu, secondés par eux, nous emparer du croiseur cosmique ; nous leur avons promis de revenir bientôt, en force, pour chasser l'ennemi. John Marshall et le docteur Haggard sont demeurés là-bas.

— Pourquoi donc ? s'étonna Freyt.

— Nous avons construit sur Iridul (satellite de Véga XXVIII) une base, où nous avons transporté l'hyperémetteur de la *Bonne Espérance ;* celle-ci n'est plus qu'une épave, irréparable. Nos deux amis, en compagnie de plusieurs Ferroliens, occupent cette base ; ils disposent, en abondance, de vivres, d'armes et de matériel. Ils ont pour mission de nous avertir, au cas où les Topsides quitteraient Véga : leur objectif serait alors, plus que probablement, la Terre. Iridul est un monde glacé qui rappelle notre Pluton par la grosseur et les conditions climatiques.

— Et vous voulez retourner à Ferrol ?

— Nous n'avons pas le choix. Non seulement pour tenir notre promesse aux Ferroliens, mais, surtout, pour assurer notre propre sécurité. Les Topsides peuvent,

d'un instant à l'autre, mettre le cap sur notre planète :
vingt-sept années de lumière sont une distance infime
pour une race qui pratique depuis longtemps le vol
spatial ! Mieux vaut donc, pour nous, prévoir le pire et
nous tenir prêts à y faire face. L'union, seule, assurera
notre force : c'est pourquoi la création d'un gouvernement mondial me tient tant à cœur ! J'espère pouvoir
donner aux Topsides de Véga une leçon assez sévère
pour leur ôter toute envie de venir explorer ce secteur
de la Voie Lactée, où ils soupçonnent, bel et bien,
l'existence de notre Terre.

— Quand partirez-vous ?

— Dès que l'équipage se sera familiarisé avec le
croiseur. Encore autre chose : Reginald Bull et moi-
même surveillerons son entraînement. Nous avons pris
et rapporté de nombreux films des combats qui se sont
déroulés sur Véga, ainsi que des photographies des
envahisseurs. Colonel, vous en ferez tirer immédiatement assez de copies pour les distribuer à tous les
gouvernements de la Terre ; je les accompagnerai d'un
commentaire approprié. Je suis persuadé que ces documents, montrant toute l'horreur d'une guerre cosmique,
auront, sur les Terriens, l'effet le plus salutaire.

L'expérience dépassa les espoirs de Rhodan.

A peine ces films avaient-ils été projetés dans les
grandes villes que la foule s'ameuta, exigeant l'union
immédiate et totale des Etats de la Terre. Rhodan, fêté
partout comme un libérateur, fut officiellement réhabilité par les Puissances Occidentales : sa « trahison »
(N'avait-il pas gardé pour lui et sa Troisième Force les
armes et l'équipement technique du croiseur arkonide,
découvert par lui sur la Lune ?) était oubliée et par-
donnée.

La Terre, maintenant, faisait bloc derrière lui.

Mais l'astronaute n'eut guère le loisir de savourer son triomphe : de nouveaux travaux requéraient toute son attention.

Bully, du matin au soir, exerçait ses trois cents recrues, jusqu'à les laisser mortes d'épuisement. Au bout de onze jours, il s'en déclara satisfait : l'*Astrée II* pouvait appareiller.

Sur les douze chaloupes de l'astronef, quatre resteraient à Galactopolis ; elles permettraient, en cas d'urgence, d'amener des renforts à Ferrol. Dans les soutes ainsi laissées libres, l'on embarqua deux escadrilles de chasseurs cosmiques, cent huit machines ultra-rapides et puissamment armées, sous le commandement du major Deringhouse et du major Nyssen. Il s'agissait d'astronefs en miniature, profilés comme des torpilles, et capables d'atteindre, en dix minutes à peine, la vitesse de la lumière.

Perry Rhodan fit savoir qu'il allait passer l'équipage en revue. Bully, pourtant sûr de lui et de ses hommes, se sentit devenir nerveux. Il rassembla ses recrues devant l'*Astrée,* et vérifia jusqu'au plus infime détail, explosant de rage pour tout et pour rien : pour un bouton mal fourbi, pour un peu de poussière sur une botte. Enfin, une estafette annonça l'arrivée de Rhodan.

— Présentez, armes ! lança Bully, de sa plus belle voix.

Puis plein de son importance, il se tourna vers la voiture qui arrivait, et d'où débarquèrent, en plus de l'astronaute, les deux Stellaires. Bully n'avait pas compté sur la présence de la trop belle Arkonide, dont l'ironique regard lui fit brusquement perdre contenance.

Rhodan réprima un sourire, en observant la réaction

de son ami. Mais, décidé à soutenir son rôle, il marcha gravement vers son ministre de la Sécurité, s'arrêtant à quelques pas de lui.

Bully sentait, comme un faisceau d'aiguilles sur sa nuque, le regard des trois cents recrues. Thora, dans l'expectative, demeurait de glace. Krest ne cachait pas son amusement. Rhodan restait impassible.

Bully se secoua : que diable ! il n'était pas de ceux qu'une femme — fût-ce même une princesse d'Arkonis — impressionne !

Il salua militairement, avec la raideur et la précision d'un robot.

— A vos ordres, commandant ! L'équipage de l'*Astrée* est paré pour l'embarquement.

D'un air sceptique, l'astronaute examina Bully, et, se penchant, boutonna un bouton, oublié, de sa veste d'uniforme ; Reginald, stoïque, subit l'affront sans broncher. Mais, en son for intérieur, il bouillait de colère : pas un de ses subordonnés ne l'avait averti de cette inadvertance !

— Bien.

Rhodan se tourna vers les hommes :

— Repos !

Puis il prit en main un paquet, qu'il avait porté sous son bras.

— M. Reginald Bull, ministre de la Sécurité, m'assure de la bonne fin de votre entraînement : vous savez tous en vue de quelle mission. Objectif Véga. Réussirons-nous dans notre entreprise ? Nul ne peut le préjuger. Mais n'oubliez jamais que le sort de notre Terre va dépendre de nous. Que l'ennemi pénètre dans le Système Solaire, et notre planète serait perdue sans recours ! Vous vous êtes maintenant familiarisés avec ce navire et son armement, dont vous avez pu mesurer toute la puissance — une puissance que je vous confie. Une puissance que je voudrais ne voir utiliser que pour la paix. Toutefois, il est de justes combats, lorsqu'ils sont l'unique moyen d'assurer cette dernière.

« Et maintenant, je vais prier Thora, l'Arkonide, de baptiser notre navire. »

Il avait ouvert le paquet qui contenait une bouteille de champagne et la tendit, souriant, à la Stellaire. Thora était très pâle ; Krest, d'un œil fixe, contemplait la masse énorme du croiseur : sans doute songeait-il que ce géant de l'espace, construit dans les arsenaux d'Arkonis, allait, définitivement, passer en la possession des Terriens...

Thora, lentement, s'avança. Après une hésitation, elle fracassa la bouteille contre la coque de métal.

— Je te baptise *Astrée II*.

Rhodan s'approcha ; la Stellaire serra la main qu'il lui tendait, puis, se détournant soudain, regagna la voiture. L'astronaute n'en fut pas surpris ; il savait combien il en coûtait à l'orgueil de Thora de voir un vaisseau du Grand Empire porter désormais un nom de la Terre.

Il se retourna vers Bully.

— Je désire entreprendre un vol d'essai. Exercice d'attaque et de défense dans la zone des astéroïdes. Nous serons de retour ce soir. Nos bases de Vénus, Titan et Pluton sont averties de ce projet.

. . . .

Les hommes, avec un peu d'hésitation d'abord, rompirent les rangs. Puis tout se précipita : les ascenseurs anti-G et les trottoirs roulants menèrent les marins à leur poste ; les sas s'ouvrirent et se fermèrent, les générateurs grondèrent sourdement. Et l'*Astrée* décolla.

Bull, par intercom, distribuait des ordres aux officiers, disséminés dans tout le navire ; leurs visages apparaissaient sur de petits écrans. Dans les soutes, les pilotes se tenaient aux commandes des chasseurs cosmiques.

Comme l'*Astrée* plongeait dans l'abîme noir de l'espace, Rhodan donna ses directives :

— L'agresseur supposé a occupé Jupiter, établi des avant-postes sur les astéroïdes ; il prépare une attaque de la Terre. Notre plan : destruction des avant-postes et contre-attaque de Jupiter. (Il jeta un coup d'œil à Bull.) Exécution !

— Compte sur moi ! promit Reginald, en hurlant de nouveaux ordres dans son microphone.

Puis, tandis que l'astronef atteignait en dix minutes, avec une accélération de cinquante mille G, la vitesse de la lumière, il se renversa nonchalamment dans son fauteuil et demanda, détaché :

— M. le président de la Troisième Force désire-t-il voir atomiser Jupiter ?

— Prends garde que les Topsides ne te fassent, un de ces jours, passer le goût de la plaisanterie ! Dis-moi plutôt où nous en sommes ?

Le visage de Bully devint grave.

— Je ne plaisantais pas, chef. Avant une heure, nos escadrilles auront anéanti quelques astéroïdes, il n'en restera plus qu'un nuage de gaz et de poussière. Elles mettront alors le cap sur Jupiter et bombarderont les bases supposées de l'ennemi. Si cela ne suffisait pas, l'*Astrée* passerait à l'action : cet astronef est bel et bien capable de pulvériser une planète !

— Inutile de pousser les choses aussi loin. Mais je t'en prie, continue !

C'est bien ce que faisait Bully, avec une habileté surprenante ; il était dans son élément. Si le robot-pilote assurait la manœuvre, l'initiative n'en restait pas moins à Reginald.

L'*Astrée,* piquant au milieu des astéroïdes, avait ralenti ; la première escadrille de chasseurs jaillit des soutes et se dispersa. Deringhouse restait en liaison par télécom avec Bull, qui dirigeait l'offensive contre l'ennemi supposé. Rhodan suivait l'opération sur les écrans. Krest, silencieux, se tenait près de lui ; ses yeux brillaient d'une excitation contenue.

Puis l'astronef, à basse altitude, survola la surface glacée de la gigantesque planète, pour bombarder, en une attaque-éclair, les objectifs désignés à l'avance. Là où s'étendait, un instant plus tôt, un désert glacé, des masses de laves bouillonnèrent soudain ; les chasseurs de Deringhouse annonçaient en même temps la destruction des bases imaginaires établies sur les satellites.

Rhodan posa la main sur l'épaule de Bully.

— Tu peux faire cesser les opérations. Je suis très satisfait. Cet astronef compense mille fois la perte de la *Bonne Espérance.* Nous pouvons partir sans crainte pour Véga : les Topsides n'ont qu'à bien se tenir !

Krest, brusquement, sortit de son mutisme.

— Rhodan, il vous serait facile, en effet, d'anéantir l'envahisseur. Mais je vous le déconseille. Car vous ne pourrez éviter que quelques vaisseaux ne s'enfuient, qui porteront à Topsid la nouvelle de la défaite. Les lézards sont vindicatifs ; ils reviendront en force, pour se venger. Mieux vaudrait tenter de conclure un traité avec eux.

— Avec ces sales bêtes ? protesta Bully.

— Pourquoi pas ? Ne vous laissez pas aveugler par les apparences : les races intelligentes de l'Univers ont parfois, à nos yeux, les formes les plus surprenantes — et réciproquement ! Ainsi, les Arkonides ont fait alliance, par exemple, avec des créatures arachnéïdes ; et nos meilleurs amis sont des Aquatiques, habitant une planète uniquement marine. Croyez-moi, l'aspect extérieur n'est rien ; seul compte le caractère.

— Un caractère de Topside, parlons-en ! explosa Bull.

— Mais un caractère tout de même. Bon ou mauvais ? Nous en sommes tous là. Agissons en conséquence.

— Que proposez-vous ? demanda l'astronaute, intéressé. Un traité de paix ?

Krest haussa les épaules.

— Il est encore trop tôt pour le savoir. Attendons de prendre contact avec les lézards ; leur première défaite, et quelques autres, les rendront peut-être plus maniables.

— Bon. Et maintenant, dites-moi ce que vous pensez de mon équipage : avons-nous vraiment des chances dans le conflit qui se prépare ?

— Soyez tout à fait rassuré. (Le Stellaire ne cherchait pas à cacher son admiration.) Ce vol d'essai m'apparaît comme un rêve soudain réalisé, comme un retour en arrière, aux temps glorieux où les Arkonides édifiaient le Grand Empire ! Nous possédions jadis votre audace, votre esprit d'entreprise. Aujourd'hui...

Il se tut, accablé. Puis il releva la tête et reprit :

— Vous continuerez notre œuvre, vous, les Terriens..., nos successeurs.

CHAPITRE II

Quarante-deux planètes tournent autour de Véga. Mais il n'en est qu'une seule — la huitième — où se soit développée une vie intelligente.

Les Ferroliens, de piètre stature, ne mesuraient guère plus d'un mètre soixante ; ils avaient de petits yeux très enfoncés, sous d'énormes arcades sourcilières. Leurs cheveux roux formaient un curieux contraste avec leur peau bleuâtre, qu'ils devaient aux radiations d'un soleil implacable. Les Terriens souffraient de cette chaleur accablante et de la pesanteur accrue : 1, 4 G.

Lorsque les Topsides envahirent Ferrol, nombre de ses habitants cherchèrent refuge sur Rofus, la neuvième planète, depuis longtemps colonisée ; ils s'y retranchèrent, attendant avec une fiévreuse impatience le retour de leurs alliés arkonides (car Rhodan et ses hommes s'étaient donnés pour tels), dont l'intervention providentielle leur avait épargné de connaître une défaite totale.

Les Ferroliens possédaient des transmetteurs de matière, basés sur un principe quintidimensionnel ; ils autorisaient des déplacements à d'énormes distances. Leur astronautique, en revanche, ne dépassait pas le stade interplanétaire. Car le « saut » dans l'hyperespace relevait d'une mathématique à cinq dimensions, que les cerveaux ferroliens semblaient congénitalement incapables d'assimiler : cette contradiction n'était pas sans intriguer Krest.

Autour de la vingt-huitième planète tournait un satellite au relief tourmenté, sabré de vallées abruptes entre de hautes chaînes de montagnes : Iridul. Ce n'était qu'un enfer de glace, un astre mort et désert.

Du moins en apparence. Car un tunnel, soigneusement camouflé, s'ouvrait au flanc d'un à-pic et conduisait à une grotte spacieuse, dont les parois portaient encore des traces de fusion : les désintégrateurs de l'*Astrée* l'avaient taillée en pleine roche. Un puissant groupe électrogène y fournissait lumière et chaleur ; des climatiseurs renouvelaient l'atmosphère, assurant des conditions d'existence favorables au docteur Haggard et à John Marshall, ainsi qu'à la petite garnison ferrolienne s'y trouvant cantonnée.

Marshall, le télépathe, se préparait à partir pour un vol de reconnaissance, à bord d'un chasseur cosmique. Le docteur l'aidait à s'équiper.

— Bully me manque, dit John. Je donnerais beaucoup pour le revoir. Il n'est pourtant pas beau, avec sa figure de pleine lune !

— L'absence magnifie les souvenirs. De plus, quand Bull apparaît, Rhodan n'est jamais très loin. Krest et Thora non plus.

— Thora, rêva John. Elle est si belle !

— Mais plus froide que les glaces d'Iridul, coupa l'Australien. Ne vous faites aucune illusion.

— Rassurez-vous, docteur. Je ne me permettrais pas, d'ailleurs, de braconner sur les chasses gardées de Rhodan !

Il boucla son casque et grimpa dans l'avion. Haggard

se dirigea vers le tableau de commande, près de la
lourde masse de l'hyperémetteur.

— Paré ?

La voix de John lui parvenait maintenant par télécom.

— Paré. Vous pouvez décoller.

— Bien.

Le chasseur glissa le long du tunnel, sous l'action des
champs d'antigravité. Derrière lui, le sas se ferma, où
des pompes, avec un léger bourdonnement, firent le
vide. La porte extérieure s'ouvrit, dissimulée dans une
faille rocheuse. Le petit appareil jaillit vers le ciel noir ;
les déserts de neige scintillaient faiblement sous la clarté
des étoiles ; Véga, trop éloigné, n'était qu'un minuscule
fanal bleu, perdu dans l'éloignement.

John, gardant sa machine à faible vitesse, admirait le
spectacle. Il chercha des yeux et trouva une constella-
tion parmi d'autres : cet astre jaune et sans grand éclat,
c'était le soleil. A vingt-quatre années de lumière de
Véga. Lorsque cette lumière, qu'il voyait maintenant,
avait commencé son long voyage, il avait, lui, John
Marshall, quatre ans. Puis il avait, à bord d'un astronef,
dépassé cette lumière, qui le rejoignait à présent.

« La même lumière, songeait John, et je l'ai vue trois
fois. Exactement la même. Faut-il m'en étonner ? »

Mais il n'eut pas le temps de philosopher davantage.
Son attention fut attirée par un point brillant. De quoi
s'agissait-il ? Etoiles ni planètes ne se déplaçaient à
pareille vitesse et, dans le vide cosmique, les météores
n'étaient pas portés à l'incandescence.

Un astronef ?

John changea de cap, tout en augmentant sa vitesse. Il
ne s'inquiétait pas du danger d'une attaque ; son chas-

seur était infiniment plus rapide que les vaisseaux de
l'envahisseur, auxquels il pourrait échapper sans peine.

Il enclencha le robot-détecteur, qui le confirma dans
ses soupçons. La silhouette de l'intrus était maintenant
reconnaissable sur les écrans : une carlingue effilée,
renflée en son milieu — comme un marron d'Inde
embroché d'un crayon ! Un navire topside : on ne
pouvait s'y tromper.

Marshall réagit sans hésiter. Les ordres de Rhodan
étaient formels : éviter tout engagement avec l'ennemi,
jusqu'au retour de l'*Astrée*. Soupirant de regret, il
modifia sa route et lança un message à Haggar pour le
mettre en garde : mieux valait que personne, pour le
moment, ne quittât la grotte.

John accéléra à pleine puissance, jusqu'à la vitesse de
la lumière. Le système de Véga était d'une telle étendue
qu'il eût fallu, sans cela, des jours pour atteindre la
neuvième planète.

Rofus ressemblait à la Terre — les métropoles en
moins. Colonisée depuis longtemps, la planète n'avait
pourtant qu'une population clairsemée ; les Ferroliens y
avaient établi seulement quelques bases commerciales
et militaires, où ils étaient à présent fort heureux de
trouver refuge. Il restait assez d'habitants sur Ferrol,
toutefois, pour donner de la tablature aux occupants :
les Sichas, en particulier, opposaient une résistance
farouche aux Topsides.

John approchait de Rofus ; il se mit en orbite, ses
détecteurs en action. Enfin convaincu qu'aucun
patrouilleur ennemi ne se trouvait aux environs, il
atterrit près de la capitale et seule ville importante de la
planète : Tschugnor.

Il ne s'attendait pas que son arrivée soulevât beau-

coup de surprise ; Haggard, ou lui-même, venait presque chaque jour rendre visite au Thort, le souverain de
Ferrol, qui s'était replié sur Rofus avec son gouvernement et restait, par transmetteur, en relation avec les
réseaux de résistance sur la planète-mère. C'était le seul
moyen de communication : par prudence, la radio
demeurait muette, et les derniers astronefs ferroliens,
échappés aux coups de l'envahisseur, attendaient
l'heure de l'action, cachés dans des abris souterrains.

Entre Véga VIII et IX, les agents, ou les capsules
contenant les messages, faisaient un constant va-et-
vient, grâce à ces mystérieux « transmetteurs » qui
fonctionnaient sur un principe analogue à celui de
l'*Astrée,* lorsqu'elle plongeait dans l'hyperespace. Personne n'avait encore pu percer le secret de ces appareils.

Lorsque John descendit de sa machine, il remarqua
tout de suite un changement d'atmosphère. Aussi pré-
féra-t-il enclencher le champ électronique qui interdirait
l'approche du chasseur à tous — sauf à lui : le barrage
était accordé sur sa longueur d'ondes cérébrales.

Une animation fébrile régnait dans les rues de la ville ;
nombre de Ferroliens transportaient de gros paquets ou
des bagages. Il tenta un sondage télépathique. Mais les
pensées qu'il perçut restaient confuses : il n'en tira
qu'une impression générale de peur et de désarroi.
Que se passait-il ?

Se hâtant de se rendre à la résidence du Thort, il fut
aussitôt introduit auprès du souverain.

Le petit homme trapu, à qui l'exil avait fait perdre
beaucoup de sa majesté, serra fébrilement la main de
John, comme s'il s'accrochait à une bouée de sauvetage.

— Un terrible danger nous menace ! Si le Seigneur

Rhodan ne nous vient pas en aide au plus vite, nous sommes tous perdus !

— Rhodan est en route, mentit John, pour apaiser son interlocuteur. Que redoutez-vous ? Une offensive brusquée des Topsides ?

— Exactement ! Jusqu'ici, ils se tenaient tranquilles, se contentant d'occuper Ferrol. Mais ils s'apprêtent maintenant à conquérir Rofus : j'ai reçu de nombreux rapports qui ne laissent, hélas ! aucun doute à ce sujet.

— Et quand aurait lieu cette attaque ?

— Je l'ignore. D'un jour à l'autre. D'un instant à l'autre. Nous n'avons à leur opposer que les débris de notre flotte !

John réfléchissait rapidement. Rhodan l'avait laissé sur place pour observer les Topsides : s'ils paraissaient se remettre de leur cuisante défaite et prenaient l'offensive, il devait aussitôt l'en avertir : le commandant interromprait l'entraînement de son nouvel équipage pour rallier Véga dans les plus brefs délais. Mais il lui fallait être sûr de la gravité de la situation.

— Je comprends vos craintes, Sire, mais elles restent bien vagues. N'avez-vous aucun renseignement plus précis à me fournir ?

— Plus précis ? Quand les Topsides font preuve d'une soudaine activité : concentration de troupes au sol, astronefs croisant dans tout le Système !

John hocha la tête. Il avait rencontré lui-même l'un de ces patrouilleurs. Le Thort devait avoir raison. Il se leva.

— Très bien, Sire. Je vais envoyer un message à Rhodan, qu'il se hâte. Tenez votre flotte sur le pied d'alerte ; il est possible que vous ayez à repousser seuls la première vague d'assaut. Exercez et groupez vos soldats, pour les renvoyer à Ferrol par transmetteurs et prendre l'ennemi à revers : manœuvre de diversion. Rhodan livrera la bataille décisive. Il chassera les Topsides hors du Système de Véga.

— Espérons que nous serons encore en vie ce jour-là ! soupira le Thort, mal convaincu. (Puis il se redressa fièrement, sa petite bouche serrée en une ligne dure.) Nous vaincrons les Topsides. Nous libérerons mes malheureux sujets opprimés sur Ferrol. Beaucoup ont pu s'enfuir, mais les meilleurs sont restés là-bas !

John prit congé. Il fit quelques détours en ville, voulant y sonder les esprits avant de regagner son appareil. Les Ferroliens lui demeuraient une énigme : ils avaient découvert les premiers principes du vol interplanétaire et colonisé Véga VII et IX : mais leurs efforts s'arrêtaient là. Et pourtant, ils disposaient d'une méthode pour transporter instantanément, à d'énormes distances, les objets et les corps vivants par le canal de la cinquième dimension. Ce qui supposait des connaissances techniques et mathématiques dont les Ferroliens étaient totalement dépourvus ! Jamais ils n'auraient pu inventer ces appareils dont l'origine se perdait dans la nuit d'un mystérieux passé : les transmetteurs semblaient être les dernières épaves d'une époque plus brillante, d'une civilisation engloutie.

Ou bien les Ferroliens se seraient-ils trouvés en contact avec d'autres races plus évoluées, contact dont le souvenir se serait perdu ?

John renonça à échafauder de vaines hypothèses. Rhodan lui-même s'était penché sur ce problème sans y trouver de solution.

John regagna son appareil ; il neutralisa le barrage, et décolla. A peine hors de l'atmosphère de Rofus, il accéléra jusqu'aux vitesses luminiques, et mit le cap sur Iridul. Véga pâlit dans l'éloignement.

Ses détecteurs lui signalèrent, une seule fois, la présence d'un astronef — mais trop lointain pour apparaître distinctement sur les écrans. Un Topside, sans aucun doute. Il ne s'en soucia pas.

S'étant assuré qu'aucun ennemi ne patrouillait autour de Véga XXVIII, il se posa sur Iridul. Le docteur Haggard manœuvra le sas. John, quelques minutes plus tard, descendait de sa machine.

— Nous devons envoyer un message à Rhodan, Haggard. Les lézards s'agitent.

— Le commandant a bien recommandé de n'utiliser l'hyperémetteur qu'en cas d'extrême urgence : le point d'origine des ondes est facile à repérer. Heureusement, rien ne peut trahir les coordonnées du destinataire ; nous ne risquons donc pas d'attirer l'attention sur la Terre.

— C'est le principal. Bon, mettez l'appareil en marche, je prépare le texte : court, mais clair.

— Tout sera prêt dans dix minutes. J'oubliais de vous signaler que, voilà deux heures, nous avons repéré un navire topside croisant au large d'Iridul.

— Sa présence confirme les mauvaises nouvelles que me donnait le Thort. Il n'y a pas une minute à perdre. Une activité accrue des patrouilles ne présage jamais rien de bon : les Topsides m'ont l'air de vouloir occuper le Système de Véga tout entier.

Le docteur Haggard tourna une manette. Dans la grotte, un sourd bourdonnement retentit ; des lampes s'allumèrent. L'énorme émetteur commença de vibrer ; les trains d'ondes qu'il allait lancer atteindraient la Terre instantanément.

La Terre, mais aussi d'autres planètes, risquant d'éveiller fâcheusement la curiosité d'un ennemi connu ou inconnu.

Il ne serait pas difficile de localiser le point d'émission : une zone spatiale hors des frontières du Grand Empire. S'étonnant d'y trouver des intelligences capables d'utiliser une technique basée sur le calcul quintidimensionnel, « on » pourrait y venir voir de plus près.

Une ampoule rouge clignota.

— Paré, dit Haggard, montrant l'appareil et sa cabine, où un homme avait juste la place de se tenir. Envoyez-leur votre message ; il sera automatiquement répété. Temps d'émission : trente secondes. Cela vous suffit-il ?

— Oui, je pense, dit John, avec un sourire un peu crispé. Voyez-vous, lorsque j'entre dans cette cabine, j'ai toujours l'impression désagréable que tout va se passer comme dans les transmetteurs de matière des Ferroliens. Les deux appareils ont des points communs : les uns expédient au loin des hommes et du matériel, les autres des ondes. En cas d'erreur ou de faux contact, ce ne sont plus mes paroles, mais moi-même qui m'en irais au diable !

— Ce n'est pas exclu, répondit le docteur, qui ne semblait pas prendre la boutade à la légère. Mais toute la question serait de savoir où et comment vous vous rematérialiseriez : la Terre n'est pas le seul poste récepteur, vous savez !

John blêmit ; il n'en pénétra pas moins, d'un pas décidé, dans la cabine où le bourdonnement s'amplifia. Il commença de parler.

Perry Rhodan reçut la nouvelle quelques minutes avant l'appareillage. Le colonel Freyt, qui avait déjà quitté l'*Astrée*, revint en hâte apporter le message de Marshall — qui ne changeait rien, d'ailleurs, aux projets de l'astronaute. Il prouvait simplement qu'il lui fallait régler cette affaire le plus vite possible.

— Merci, colonel. Nous serons de retour dans quelques semaines, si tout se passe bien. En notre absence, faites pression sur les divers gouvernements, qu'ils ne diffèrent plus la création des Etats-Unis du monde. Le temps n'est plus au chauvinisme, si nous voulons nous montrer dignes, un jour, de l'héritage des Arkonides !

— Comptez sur moi, commandant. J'agirai au mieux.

Bully, qui écoutait, le front plissé, remarqua :

— Peut-être vaudrait-il mieux ne pas en parler trop ouvertement, surtout devant Krest. Je veux dire : cette histoire d'héritage. Cela ne lui plairait peut-être pas ?

— Mais non, Bully. Krest est d'accord pour nous voir reprendre le flambeau : il ne s'illusionne pas sur la décadence de sa race. Thora, seule, en est encore à nier l'évidence. Mais nous en reparlerons plus tard. Sommes-nous parés pour l'appareillage ? Oui ? Alors, décollons sans perdre une minute. Le message d'Iridul est alarmant.

Reginald s'assit au tableau de commande.

Immobile, le colonel Freyt regarda le puissant astronef foncer vers le ciel ; quelques secondes plus tard, il avait disparu. Il soupira, et remonta dans son hélicoptère qui le ramena à Galactopolis.

Du travail l'y attendait.

*
* *

La « plongée », cette fois, ne comportait aucun risque. Le navire passa dans l'hyperespace pour se rematérialiser aux frontières du Système de Véga. Aussitôt avertis, Haggard et Marshall en éprouvèrent beaucoup de soulagement : leur exil allait prendre fin.

— Bull ? Envoie une escadrille de chasseurs en ordre dispersé, pour nous ouvrir la route. Les Topsides n'ont pas besoin de savoir où nous atterrirons.

— Et où atterrirons-nous ? s'informa Reginald, en transmettant les ordres à Deringhouse. Sur Iridul ?

— Non, sur Rofus. C'est la base d'opérations la plus exposée, mais aussi la meilleure.

— Pourquoi ne pas attaquer directement Ferrol ? Avec l'*Astrée* nous pouvons nous le permettre.

— J'ai mes raisons. Une puissance durable ne se fonde pas sur la force brutale. Plutôt que de les anéantir totalement, je préfère donner une bonne leçon aux Topsides : qu'ils en gardent un cuisant souvenir en prenant la fuite de Véga !

Pendant que les chasseurs quittaient les soutes, un autre appareil amenait le docteur et Marshall à bord ; les Ferroliens de la garnison resteraient, pour l'instant, sur Iridul. Rhodan les accueillit chaleureusement.

— J'ai hâte d'entendre votre rapport, dit-il, après les premières effusions. Votre message n'était guère explicite. Que se passe-t-il ?

— Rien de décisif encore. Mais le Thort est inquiet. Il se croit abandonné par vous. Il a pourtant suivi mes conseils, en tenant prêtes au combat les dernières unités de sa flotte. Grâce à elles, il a pu repousser une attaque topside contre Rofus — guère plus qu'une escarmouche, d'ailleurs, et destinée sans doute à tâter le terrain. Le moral des Ferroliens en est remonté d'autant. Mais je crains que cet optimisme ne soit prématuré. Les Topsides n'en resteront pas là.

— A nous d'intervenir ! coupa Rhodan. Les lézards vont apprendre à leurs dépens que nous sommes de retour. J'ai donné l'ordre aux chasseurs de mener une attaque de diversion pour que nous puissions atteindre Rofus sans être repérés. Il doit bien exister, là-bas, des abris souterrains assez grands pour y dissimuler l'*Astrée* ?

— Certainement, acquiesça Marshall. Mais pourquoi nous cacher ? Je croyais que vous vouliez montrer aux Topsides qui est le plus fort ?

— Et je le leur montrerai ! répondit l'astronaute en riant. Nous n'avons pas pour rien la Milice des Mutants ; Bully ne possède aucun don supranormal, mais il a des idées : sous sa direction, nos mutants vont rendre la vie dure à l'ennemi !

— Et comment ! Je vais…, commença Reginald, enthousiaste.

— Tu vas, pour le moment, ne t'occuper que du pilotage : évite, à tout prix, de nous faire remarquer. Les détecteurs sont-ils en action ?

— Je remarquerais même l'approche d'une mouche ! assura Bully.

— Il n'y en a pas dans l'espace.

— Tu crois ? grogna Reginald qui s'affaira devant son tableau de commande.

Rhodan revint à Marshall.

— A part cela, quoi de neuf ?

— Rien. Sauf… (L'Australien hésita.) Sauf un détail qui me préoccupe. Il s'agit du Thort. Certes, il nous est reconnaissant de notre aide, et je ne doute pas de sa

bonne foi. Mais il nous cache quelque chose. A propos
des transmetteurs de matière.

— Tiens, tiens ! Quoi ?

— Il n'en sait rien lui-même. Cela peut sembler
bizarre ; mais n'oubliez pas que les transmetteurs ne
sont pas une invention des Ferroliens.

— Je m'en doutais depuis longtemps. Qu'avez-vous
lu dans la pensée du Thort ?

— Il existe une crypte, sous le Palais Rouge. Elle est
fermée par une « serrure » — ou un barrage — quintidimensionnel. Le Thort, seul, sait comment l'ouvrir : le
secret se transmet de génération en génération. Il me
semble que les transmetteurs seraient un cadeau fait
jadis par une race étrangère, en récompense de services
rendus : mais cela se perd dans la nuit des temps. Les
plans des transmetteurs ont été conservés dans cette
crypte. Le Thort envisage de les utiliser.

— Cela non plus ne m'étonne pas.

Rhodan devina la déception du mutant.

— Non, Marshall, ne croyez pas que je sous-estime
vos renseignements ! Ils me sont, au contraire, extrêmement précieux. Car une certitude vaut toujours mieux
que des soupçons. Les Ferroliens, avec leur forme
d'esprit bornée dans certains domaines, étaient bien
incapables d'imaginer un tel appareil. Mais alors, qui ?

— Là, je puis vous fournir un détail précis ! triompha
le télépathe. Le Thort songe toujours à ces mystérieux
précurseurs comme à « des êtres qui vivent plus longtemps que le soleil ». Pouvez-vous en tirer quelque
chose ?

Rhodan tressaillit. Bull, qui écoutait la conversation
d'une oreille, pâlit brusquement, puis s'empourpra.

Marshall observait ces réactions avec un vif intérêt.

— Quel plaisir de choix, s'exclama-t-il en riant de bon cœur, que de vous voir ainsi, tous les deux, plongés dans une telle stupeur ! Cela me dédommage de mon exil sur Iridul. Oui, « des créatures vivant plus longtemps que le soleil ». On dirait un mot clef, n'est-ce pas ? Mais il me faut bien avouer que je n'en sais pas davantage.

— Vraiment rien ? Aucun indice quant au lieu d'origine de ces êtres ?

— Ah ! si. Quelque part dans le Système de Véga.

L'Australien eut, pour la seconde fois, la satisfaction d'étonner ses interlocuteurs.

— Ou, du moins, ils s'y trouvaient il y a quelques millénaires, lorsqu'ils prirent contact avec les Ferroliens. Mais ne m'en demandez pas plus : il n'y a rien d'autre à extraire de l'esprit du Thort !

Rhodan demeura silencieux, le regard perdu dans le vide.

« Plus longtemps que le soleil », songeait-il. Mais quelle est la durée de vie d'un soleil ? Un seul jour, du crépuscule de l'aube au crépuscule du soir ? Une année, selon les révolutions planétaires ? Deux cents millions d'années : ronde d'une étoile dans la galaxie ? Ou davantage ? Une éternité ? Ces inconnus seraient-ils immortels ? Mais alors, pourquoi ne les rencontrait-on nulle part ? »

Il soupira.

— Une fois réglé le compte des Topsides, je me promets d'avoir une petite conversation avec le Thort. Plus que jamais, le secret des transmetteurs me passionne. Et cette crypte, dont vous parliez, Marshall, où est-elle au juste ?

— Dans les caves du Palais Rouge de Ferrol. Les souterrains qui y mènent ne sont connus que du Thort.

— Nous en revenons toujours à lui : notre fil d'Ariane.

— Pour nous mener où ?

— Vers la planète de Jouvence ! répondit l'astronaute, radieux.

*
* *

Chrekt-Orn, grand Amiral et commandant en chef des Topsides sur la planète conquise, marchait de long en large dans son bureau du Palais Rouge. Il songeait, plein de colère, aux mauvaises nouvelles qu'il ne cessait de recevoir.

Un officier entra.

— Dans le secteur de Rofus, annonça-t-il, on signale l'apparition d'escadrilles de chasseurs toujours plus nombreuses. Nous les poursuivons en vain : l'ennemi se dérobe. On ne compte aucune perte, d'un côté comme de l'autre.

L'amiral, qui portait un prestigieux uniforme éclatant d'ors et de couleurs, frappa du poing sur la table.

— Si l'ennemi prend la fuite, à vous de le forcer ! Pas de quartier : ce sont mes ordres !

— Ils sont trop rapides, amiral, expliqua prudemment l'officier qui n'avait nulle envie d'attirer sur sa tête les foudres de Chrekt-Orn, favori tout-puissant de l'Autocrate, aux condamnations sans appel. A peine mettons-nous le cap sur l'un de ces petits appareils qu'il gagne le large incroyablement vite. Impossible d'engager le combat et de nous emparer de l'un de ces navires ;

nos techniciens seraient pourtant très désireux d'en
étudier le mode de propulsion.

— Matériel et technique arkonides ! grommela
Chrekt-Orn, amer. Tout comme le croiseur que nous
avons perdu. Avez-vous retrouvé sa trace ?

— Pas le moindre indice : à croire qu'il s'est évanoui
dans la quatrième dimension !

— Ce serait bien possible, grogna l'amiral. Dans ce
cas, nous ne le reverrions jamais. Ce qui vaudrait peut-
être mieux : comment nous défendrions-nous contre un
tel vaisseau de guerre, aux mains d'un adversaire
résolu ? Mais, en ce qui concerne les chasseurs (Sa voix
devint énergique et rude.) nous devons pouvoir les
détruire. Je veux des résultats, sans délai. Faites savoir
que j'offre une récompense.

Mais cela ne servit à rien.

Les lézards s'essoufflèrent à poursuivre l'ennemi. Les
chasseurs, maniables, harcelaient avec une folle audace
les lourds croiseurs topsides, se dérobant à leurs ripos-
tes, les entraînant toujours plus loin de Rofus.

Bully en profita pour atterrir secrètement sur la
neuvième planète ; un abri souterrain, agrandi pour la
circonstance, accueillit et dissimula l'astronef. Rhodan
distribua ses instructions et, dix minutes plus tard,
demandait audience au Thort qui le reçut avec un
soulagement manifeste.

— Je suis très heureux de vous voir répondre si vite à
mon appel, commença-t-il. (En plus de l'astronaute,
Thora, Krest et Marshall assistaient à l'entretien.) Les
Topsides préparent l'invasion de Rofus, et nos forces
seront certainement insuffisantes pour les repousser.
Mais, vous, avec votre navire géant...

— Nous vaincrons les Topsides sans jeter notre

croiseur dans la bataille, coupa Rhodan, désinvolte.
(Feignant de ne pas remarquer l'étonnement du souverain, il continua.) J'ai amené de ma planète une troupe
d'élite qui mènera la lutte contre l'ennemi. Dans
quelques semaines, dans quelques jours peut-être, Ferrol sera libéré.

— Mon escadre est à votre disposition.

— Merci. J'en ferai usage, à l'occasion. Mais je ne
prévois pas de bataille rangée. A moins d'y être
absolument contraint... car je désire voir le plus grand
nombre possible de lézards regagner Topsid en pleine
déroute pour y raconter leur défaite : ce qui, je l'espère,
leur ôtera définitivement tout esprit de conquête sur
Véga ou sur Sol !

— Sol ? demanda le Thort, curieux. Est-ce votre
soleil ?

— Oui. (Rhodan avait fort bien remarqué le brusque
intérêt manifesté par le souverain ; il changea de sujet.)
Vos transmetteurs de matière fonctionnent-ils encore à
Ferrol ?

— Nous sommes en relations constantes avec les
Sichas. Tout va bien à Sic-Horum. Kekéler dirige la
résistance.

— Parfait. Nous y établirons notre quartier général.
Nous saperons à la racine la suprématie des occupants.

— Vous voulez dire...

— Que je vais envoyer mes hommes sur Ferrol.
Bully, tu en prendras le commandement. Krest, avez-
vous des conseils à nous donner ?

L'Arkonide secoua la tête.

— Non. Rien ne vaudra l'action de votre milice des
Mutants pour infliger aux Topsides une inoubliable
leçon. Je suis d'accord.

— Et vous, Thora ?

La Stellaire approuva, en silence.

— Alors, allons-y ! Thort, voulez-vous mettre des voitures à la disposition de mes hommes, pour les conduire aux transmetteurs ? Bull, tu sais ce que tu as à faire ?

— Compte sur moi !

Reginald, bouillant d'impatience, se leva.

— Un dernier détail, Thort, reprit Rhodan. Je désire savoir très exactement ce qui s'est passé sur Ferrol, voilà quelques millénaires. Possédez-vous des archives historiques ?

Le souverain sursauta. Sa petite bouche béait ; une flamme de panique vacillait dans son regard. John Marshall l'observait, s'efforçant de lire dans ses pensées : tout y était surprise et consternation.

— Historiques ? répéta le Thort. En quoi notre passé pourrait-il vous aider dans cette guerre actuelle ?

— Laissez-moi seul juge de ce problème, Thort. Eh bien, j'attends ! Me renseignerez-vous ? A moins que l'histoire de Ferrol ne doive rester secrète ? Et pourquoi ?

— Mais non. Nous sommes maintenant des amis, et les amis ne se cachent rien. Vous me parlerez de votre planète — où se trouve-t-elle ? — et moi, je vous parlerai de notre passé.

— Ainsi que de ces êtres, qui vivent plus longtemps que le soleil ?

Cette fois, la réaction du Thort stupéfia même Rhodan ; il pâlit, passant du bleu au gris de cendres, et commença à trembler de tout son corps, sous l'emprise d'une profonde épouvante.

— Que savez-vous d'eux ?

— Oh! ceci et cela. (L'astronaute écarta la question d'un geste de la main.) Mais vous? Qui sont ces créatures? Où vivent-elles?

— Même si je le voulais, je ne pourrais rien dire. Tout cela se perd dans la nuit des temps : les chroniques manquent ou sont incomplètes. Je suis prêt à vous soumettre tous les documents que nous possédons à ce sujet. Mais ils sont si vagues! Vous serez déçu.

— Nous verrons. Pour l'instant, nous avons à nous occuper des Topsides. Mais, plus tard, je vous rappellerai votre promesse, Thort. Ces êtres m'intéressent : s'ils vivent plus longtemps que le soleil, nous devrions pouvoir les rencontrer un jour ou l'autre. Après tout, le soleil est encore là!

*
**

Kekéler arriva sur Rofus par transmetteur ; un message l'y avait appelé. Rhodan l'attendait, avec Bully et la milice des Mutants.

— Je suis heureux de vous revoir, dit-il en serrant avec chaleur la main du Sicha, drapé dans une tunique éclatante. Où en est la guerre de guérilla?

— Elle nous coûte des hommes et ne sert à rien, se plaignit le Ferrolien. Les Topsides deviennent toujours plus méfiants ; ils ont licencié presque tout leur personnel autochtone et doublé leurs postes de garde. Nous sommes entrés en contact avec plusieurs réseaux de résistance, nous avons organisé et intensifié la lutte. Les représailles ne se sont pas fait attendre. Dernièrement, tout un village a été incendié et ses habitants massacrés : on les soupçonnait de donner asile à des résistants.

— Les méthodes sont partout les mêmes, soupira

Rhodan, amer. (Une ride se creusait sur son front.)
Continuez, Kekéler : du nouveau, ailleurs ?

— Non, Rhodan. Nous sommes décidés à nous battre
jusqu'au bout, jusqu'au retour du Thort à Ferrol ou...
(Il hésita, puis reprit, sauvagement) Ou jusqu'à ce que
nous soyons tous morts.

— Pas de pessimisme inutile ! J'ai amené des renforts
avec moi. Vous autres Sichas connaissez déjà quelques-
uns de mes mutants : Tako Kakuta, par exemple, ou
Wuriu Sengu. Nous allons établir notre base à Sic-
Horum, votre capitale dans la montagne. Reginald Bull
dirigera les opérations.

— Tout est prêt pour vous recevoir.

— Merci. J'ai donné mes instructions à Bull et, dans
trois jours, je vous rejoindrai à Sic-Horum, pour la
victoire finale. A bientôt, Kekéler !

Le Sicha hésitait.

— C'est... qu'il nous manque des armes, Rhodan.

— Des armes ? Pour quoi faire ? Ah ! c'est vrai,
j'oubliais de vous avertir : elles sont désormais super-
flues. La guerre contre l'envahisseur va devenir une
guerre psychique : et, sur ce terrain, nous valons mille
fois les Topsides !

Kekéler ouvrit la porte du transmetteur et s'embarqua ; les mutants, par groupes, le suivirent.

CHAPITRE III

Trker-Hon était assis en face de son supérieur, l'amiral Chrekt-Orn. Les deux lézards, avec leurs écailles d'un brun presque noir, leurs larges bouches de grenouille et leurs yeux ronds, saillants, apparaissaient comme des créatures de cauchemar. Ils n'avaient pas seulement l'air cruel — ils l'étaient réellement.

— Nous lancerons demain notre offensive, dit Chrekt-Orn avec énergie. Nous pouvons tenir pour certaine la destruction du croiseur arkonide que l'on nous a volé ; les Ferroliens, ces primitifs, n'auront pas su le manœuvrer et se seront perdus corps et biens dans l'hyperespace. Ce qui augmente nos chances d'une rapide victoire sur cette race, d'une rapide conquête de tout ce Système. Ce faisant, nous découvrirons enfin le navire naufragé, dont les signaux de détresse nous ont conduits ici.

— Parfois, je me demande si nous ne nous trompons pas ? dit Trker-Hon, pensif. Ce système solaire est-il vraiment le bon ? A pareille distance, une erreur de calcul est toujours possible.

— Les techniciens de l'Autocrate ne se trompent jamais ! affirma l'amiral. Nous ne pouvons pas ne pas bientôt nous emparer de cet astronef d'Arkonis : un butin précieux qui remplacera le croiseur perdu. Ou bien voulez-vous rentrer à Topsid les mains vides ? Vous savez comme moi ce qui nous attendrait !

Oui, Trker-Hon ne le savait que trop bien...

— Ce qui nous attendrait ? Une condamnation injuste. L'Autocrate est une brute sanguinaire. Et un imbécile, qui plus est !

L'amiral, stupéfait, n'en croyait pas ses oreilles. Quelle intolérable impudence ! Ses écailles en vibrèrent d'horreur.

— Quoi ? Comment osez-vous ? (Chrekt-Orn connaissait son devoir : il ferait traduire le jeune officier devant un conseil de guerre qui punirait de mort un pareil crime de lèse-majesté.) Que dites-vous ?

— Que vous êtes, vous aussi, un vieil imbécile, amiral ! Ne voyez-vous pas que vous vous conduisez bien mal envers ces pauvres Ferroliens, des gens charmants qui ne demandent qu'à vivre en paix sur leurs planètes : et vous venez ici jouer les conquérants ! Je le répète, amiral : les ordres de l'Autocrate sont stupides et vous êtes plus stupide encore de les exécuter aveuglément. C'est là commettre un crime dont vous aurez un jour à répondre !

Les écailles de l'amiral s'entrechoquaient avec un bruit de grêle. Jamais, au cours de sa longue carrière, il n'avait vu un officier se mutiner de la sorte. Trker-Hon devait avoir perdu l'esprit.

— Trker-Hon ! Au nom de l'Autocrate, je vous arrête !

Il appuya sur un bouton ; son aide de camp entra.

— Hjéra ! Appelez la garde. Trker-Hon est cassé de son grade. Faites-le conduire à la prison.

— Pourquoi? Trker-Hon est un brave type, et vous une vieille baderne, riposta tranquillement l'officier.

L'amiral s'effondra sur sa chaise : le monde croulait autour de lui. Sa race était dressée à la plus stricte obéissance : le moindre signe de rébellion entraînait aussitôt de féroces représailles. Et maintenant...

Il donna l'alarme; des soldats armés de radiants se précipitèrent dans le bureau.

— Arrêtez ces deux hommes! hoqueta Chrekt-Orn. Ils insultent l'Autocrate. Emmenez-les!

A bout de souffle, il se tut. « Je ne suis plus assez jeune, songeait-il, pour supporter une telle abomination! »

Les soldats désarmèrent les deux coupables, sur le visage desquels se peignait soudain un étonnement sans bornes. Ils n'opposèrent aucune résistance.

— Mais que ce passe-t-il donc? murmura Trker-Hon.

Sa question resta sans réponse.

*
* *

Ce n'était que le début de l'offensive des mutants.

Bully, utilisant le transmetteur à une place, dissimulé dans une chambre secrète du Palais Rouge, avait amené ses hommes à pied d'œuvre. Des passages et des escaliers dérobés courant dans l'épaisseur des murs rayonnaient dans tout l'édifice. Les mutants pouvaient donc se glisser partout, au cœur même du quartier général de l'ennemi.

Wuriu Sengu était, une fois encore, le pivot de l'opération. Accroupi près de Reginald, dans un étroit corridor, il se concentrait sur son étrange faculté. Le lourd Japonais était le « voyant » du groupe : il pouvait plonger son regard à travers les corps opaques, à n'importe quelle distance.

— Alors ? souffla Bully, impatient.

— L'amiral vient de faire arrêter son aide de camp et un officier. André Lenoir a bien travaillé.

Ce dernier, un Français né au Japon, se tenait près d'eux ; il appartenait à cet heureux type d'hommes toujours de bonne humeur. Ses dons de mutant le classaient parmi les « hypnos » ; il pouvait imposer sa volonté à tous les êtres vivants : humains, animaux ou extra-terrestres.

— L'excellente plaisanterie ! Je viens de libérer Trker-Hon de mon influence. Il ne se souvient plus de rien et s'étonne de son arrestation. Quant à l'amiral, il ne s'explique pas la brusque indiscipline de ses subordonnés : il en verra bien d'autres, comptez sur moi ! Le malheureux va bientôt se croire dans un château hanté !

— Lui et toute son armée ! ricana Bully. Ne leur ménageons pas les visions cornues.

Sengu fixait toujours la muraille.

— Les gardes emmènent les deux coupables en prison et les y enferment. Je me demande ce que va faire l'amiral ? Laissera-t-il condamner à mort deux de ses meilleurs officiers ?

— Le code moral des lézards ne lui donne pas le choix ! déclara Bull. Ils ont le fanatisme de la discipline.

— Chut ! souffla Anne Sloane, qui s'était jusque-là tenue tranquille dans un coin.

La jeune Américaine était une télékinésiste ; elle déplaçait les objets à distance par la seule force de sa volonté. Sa main droite reposait dans celle de Sengu ; elle pouvait ainsi voir par les « yeux » du Japonais. Ce

travail en équipe multipliait à l'infini la puissance
d'action des mutants.

— L'amiral se remet de son émoi. Il parle dans
l'interphone. Je ne comprends pas ce qu'il dit.

— Mais moi, si, coupa Lenoir, qui avait saisi l'autre
main du Japonais. (Puis il continua, à l'usage de
Reginald qui, seul humain normal, se trouvait exclu du
spectacle.) L'amiral donne l'ordre de réunir l'état-major
en conseil extraordinaire. Tous les commandants d'astronefs (sauf ceux, bien entendu, qui patrouillent au
large) doivent y assister. Il fait préparer aussi l'hyperémetteur ; à la fin de la conférence, il communiquera
directement avec l'Autocrate. A une distance de plus de
huit cents années de lumière ! Sapristi ! je suis curieux de
voir cela.

— Il ne peut pourtant pas se douter, commença
Bully, horriblement déçu à la perspective d'interrompre
trop tôt son « opération mutants ». Nous devons lui
faire une belle peur, avant de...

— Ne vous tracassez donc pas ! dit en riant le
Français qui compatissait aux craintes de Bully. L'amiral veut simplement demander pleins pouvoirs à l'Autocrate pour massacrer les Ferroliens jusqu'au dernier. Il a
ajouté quelques mots, en coupant la communication ; il
se parlait à lui-même, et je n'ai pas compris de quoi il
retournait.

— Qu'a-t-il dit ?

— Quelque chose comme : « nous nous sommes
trompés, mais je finirai bien par trouver la bonne
planète ».

— La Terre, en d'autres termes, grogna Sengu.

— Vivons-nous sur la Terre « plus longtemps que le
soleil » ?

Reginald bondit.

— Quoi ? Répétez un peu !

André Lenoir ne dissimula pas son triomphe.

— Serais-je parvenu à secouer votre flegme ? Vous m'en voyez ravi. Oui, mon cher Bull, c'est bien là ce que marmonnait l'amiral : une planète dont les habitants vivent plus longtemps que le soleil. Est-ce un mot-clef pour vous ?

— Pour Rhodan. Cela l'intéressera, convint Bully, en se rasseyant dans son coin. Quand aura lieu la conférence ?

— Dans une heure. Ensuite, le message à Topsid.

Bull parla dans un minuscule émetteur qu'il portait au poignet.

— Nous leur en ferons voir de toutes les couleurs ! promit-il, en conclusion.

*
* *

Lorsque Chrekt-Orn entra, les officiers rassemblés dans la salle de conférences interrompirent brusquement leurs conversations. L'atmosphère était tendue ; l'amiral s'en rendit compte aussitôt.

Sèchement, il salua les assistants et les pria de prendre place. Il s'interrompit soudain, les écailles hérissées... puis le très haut et très puissant amiral poussa un croassement sinistre et, battant des bras comme de moignons d'ailes, quitta le sol pour monter jusqu'au gigantesque lustre de métal ornementé sur lequel il se percha. Devant les officiers médusés, il reprit alors son discours, comme si de rien n'était.

— Messieurs ! Nos ennemis, les Ferroliens, usent des moyens les plus ignobles pour saper notre prestige.

Voilà quelques minutes à peine, le commandant Trker-Hon, en ma présence, couvrait de basses insultes notre Autocrate bien-aimé. Il osait le traiter d'imbécile... ce qui, à mon point de vue, est d'ailleurs très au-dessous de la vérité...

Il n'alla pas plus loin. Avec un cri d'horreur et d'indignation, l'un des assistants se précipitait hors de la salle ; plusieurs autres l'imitèrent. Un vieil officier, aigri par une longue, mais obscure carrière, sauta sur l'occasion de se mettre en valeur :

— Du calme ! hurla-t-il. Les alliés des Ferroliens, ces maudits Arkonides, tentent de nous abuser par des moyens magiques : ne vous laissez pas prendre à ces illusions ! Imitez mon exemple et gardez la tête claire. L'ennemi...

Lui non plus n'alla pas plus loin. Ainsi que son chef, il s'envola comme un ballon, pour rejoindre l'amiral entre les branches du lustre ; les deux lézards, épouvantés, s'accrochèrent désespérément l'un à l'autre, contemplant d'un œil fixe le chaos qui régnait maintenant dans la salle.

Les officiers en avaient assez vu : leurs supérieurs étaient, de toute évidence, victimes des puissances du mal ; peut-être même pactisaient-ils avec elles ! Tous cherchèrent leur salut dans une fuite précipitée.

La pièce, en un instant, fut vide ; il n'y restait que l'amiral et son compagnon d'infortune, attendant que quelqu'un voulût bien venir les décrocher de leur perchoir.

Une heure plus tard, l'Autocrate recevait un rapport en provenance de Ferrol, si long et si confus qu'il ordonna d'envoyer sur place, dans les plus brefs délais, une commission d'enquête. Un nouveau commandant

en chef remplacerait jusque-là Chrekt-Orn, relevé de
ses fonctions.

Le premier soin du nouvel amiral, Rok-Gor, fut de
réunir une puissante unité de combat qui cinglerait vers
Rofus pour y anéantir les bases des Ferroliens.

Il ne pouvait deviner que cette manœuvre énergique
allait encore accélérer la déconfiture topside.

*
* *

— Non, dit Bully, en secouant vigoureusement la
tête. (Il se trouvait toujours dans un couloir dérobé du
Palais-Rouge.) N'intervenons pas. Rhodan tient à voir
les lézards lancer leur attaque. Deringhouse est déjà
parti avec son escadrille ; il emmène Ras Tschubai à son
bord : je me demande bien comment ils parviennent à
tenir à deux dans une carlingue tellement étroite !

On pouvait, en effet, se poser la question : Conrad
Deringhouse se tassait aux commandes de son chasseur
cosmique pour laisser un peu de place au grand Africain, lourdement charpenté, qui se tordait le cou en
regardant par un hublot. Ras possédait le don de
téléportation.

Deringhouse restait en liaison constante avec Rhodan, à la base de Rofus ; il apprit ainsi l'approche de la
flotte topside se préparant à détruire la neuvième
planète.

Le reste de l'escadrille — une cinquantaine d'appareils — volait en ordre dispersé ; ils harcèleraient, en cas
de besoin, les navires-éclaireurs de l'ennemi et barre-
raient la route de Rofus.

Trker-Hon, que l'on avait, entre-temps, réhabilité,
commandait l'escadre topside.

Les vingt croiseurs jaillirent hors du cône d'ombre de Ferrol, étincelant soudain sous les rayons brûlants de Véga. Leurs détecteurs signalèrent aussitôt la présence des chasseurs ; Trker-Hon ordonna de les attaquer.

Assis devant son tableau de commande, il observait, par un large hublot, l'ennemi tant détesté ; ces chasseurs, il le savait, étaient infiniment plus rapides que ses propres unités. Mais les cinquante petits navires ne tentaient pas, cette fois, de se dérober : allaient-ils accepter le combat ?

Le commandant du vaisseau amiral entra dans le poste central ; comme il s'approchait de son chef, un étrange phénomène se produisit. Trker-Hon, qui s'était retourné, put l'observer en détail.

Près du commandant, l'air brasilla soudain ; quelque chose repoussa brutalement le lézard de côté... et devint visible : un être noir, au visage grimaçant et féroce.

Ras Tschubai riait de toutes ses dents en remarquant la stupeur des deux lézards, dont les yeux, déjà saillants, semblaient leur sortir de la tête ; leurs écailles, qui s'entrechoquaient avec un bruit de castagnettes, avaient pâli du brun sombre au gris vert.

Ras, tranquillement, saisit le radiant qui pendait à la ceinture de l'officier, pour en diriger le rayon, à l'intensité maximale, sur le tableau de bord, le transformant en une masse de métal rougi et fondu, sous des nuages d'âcre fumée.

Trker-Hon n'y comprenait rien ; ce qui ne l'empêcha pas d'agir. Bondissant hors de son fauteuil, il se jeta sur l'intrus. Mais il n'étreignit que le vide : le « spectre » avait disparu, abandonnant le radiant, désormais inutile, et qui rebondit sur le sol. Les deux officiers restèrent seuls dans les décombres du poste central.

Ras Tschubai se propulsa d'un bout à l'autre du croiseur, arracha plusieurs canons de leur affût, poursuivit avec des hurlements sauvages les marins épouvantés, ouvrit le sas... et se dématérialisa.

Trker-Hon s'aperçut assez vite que les méfaits du monstre noir se réduisaient, somme toute, à des dégâts minimes. La liaison n'était pas coupée avec les autres navires ; et les cloisons étanches, automatiquement refermées, avaient neutralisé l'ouverture du sas. Cette dernière lui donnait à penser : l'intrus avait-il quitté le navire par cette voie ? Mais pour aller où ? Dans le vide ? Sans spatiandre ?

Un frisson d'effroi hérissa la crête écailleuse le long de son dos. Il ne s'agissait pas, en ce cas, d'un Arkonide, mais d'une créature étrangère, aux facultés inexplicables.

Un regard jeté par le hublot le convainquit que les chasseurs adverses maintenaient leur distance, quelle que fût la vitesse de ses propres astronefs. Trker-Hon appela les autres croiseurs :

— Cap sur la neuvième planète ! Les ordres de l'amiral Rok-Gor sont formels, et rien ne doit nous détourner de leur exécution. L'aile droite...

Les mots s'étranglèrent dans sa gorge. Sur le petit écran de l'un des visiophones, montrant le poste central du croiseur N° 7, un mouvement suspect attirait son attention. L'incompréhensible phantasme se répétait.

Le spectre noir venait de se matérialiser derrière le commandant du n° 7. Trker, fasciné par le spectacle (que toute l'escadre pouvait observer comme lui — car Ras se tenait juste dans le champ du visiophone) ne songea même pas à mettre en garde la victime inconsciente du danger.

Trker vit le fantôme lever la main pour frapper l'épaule de l'officier ; celui-ci se retourna d'un bloc, peu habitué à un tel manque de respect. Il se figea sur place en apercevant Ras.

Trker-Hon retrouva ses esprits et sa voix :

— Le radiant ! Vite ! Abattez-le !

Le commandant du croiseur 7 ne parut pas entendre cet ordre ; il restait immobile, comme un oiseau devant un serpent.

Ras Tschubai grimaça un sourire, marcha vers le tableau de bord et, au hasard, tourna quelques manettes. Puis il s'évanouit en fumée.

Pendant qu'il se téléportait dans la salle des machines du croiseur 3, et plongeait l'équipage dans une folle panique, le croiseur N° 7 commença à réagir aux impulsions fantaisistes données par l'Africain.

Il piqua comme une flèche au milieu de l'escadre, décrivit plusieurs paraboles, puis, faisant feu de toutes ses pièces, fonça vers Véga à pleine vitesse ; il se perdit bientôt dans l'éloignement, sans répondre aux messages que lui lançait Trker-Hon.

Ce dernier n'eut pas le temps d'épiloguer sur la situation ; les chasseurs ennemis fonçaient. Les petits appareils, se faufilant entre les lourds croiseurs, jetèrent le désordre dans toute l'escadre. Ils se retirèrent sans la moindre perte, pour recommencer leur audacieuse manœuvre quelques instants plus tard. Ils dédaignaient même de se servir de leurs armes.

Trker ordonna d'utiliser les puissants désintégrateurs ; mais il constata que c'était gaspiller là, bien inutilement, des torrents d'énergie. Les chasseurs évitaient en se jouant les rayons mortels ; pas un ne fut touché.

Les événements, soudain, se précipitèrent.

Le croiseur n° 13 modifia son cap, barrant la route au reste de l'escadre. Le visage du capitaine apparut sur tous les écrans.

— J'assume désormais le commandement suprême. Nous rallions Ferrol. Demi-tour immédiat, ou j'ouvre le feu !

Avant même que Trker-Hon pût réagir, il vit les traits blêmes de pure énergie, jaillis des flancs du n° 13. Les écrans protecteurs absorbèrent sans mal cette brusque décharge ; seul, le croiseur n° 9 devait, pour son malheur, ne pas avoir branché les siens. Il disparut. A sa place, une nuée de gaz vaguement phosphorescente se gonfla dans l'espace, puis se dilua lentement.

Le croiseur mutin reprit brusquement sa place dans les rangs de l'escadre, comme si de rien n'avait été. Le capitaine, quelques secondes plus tard, demandait avec étonnement ce qu'était devenu le n° 9...

Trker-Hon tremblait de tous ses membres en essayant de proférer une réponse. Il savait que l'officier ne pouvait être tenu pour responsable : il venait dêtre la victime de cette même force mauvaise qui s'était également emparée de lui, Trker-Hon, et lui avait valu son emprisonnement. Ces Arkonides disposaient de moyens d'action d'une puissance à confondre l'esprit.

Et, à l'instant même, il sentit la volonté de l'adversaire se substituer à la sienne. L'expérience, cette fois, était différente : incapable de la moindre révolte, il conservait cependant, intacte, son intelligence. Conscient de la présence de l'intrus, maître de son cerveau, il percevait, sinon sa voix, du moins le sens de ses paroles :

— Nous pourrions vous anéantir jusqu'au dernier. Et

nous le ferons si vous ne renoncez pas à cette lutte inutile. Demi-tour, Treker-Hon ! Portez à votre amiral la nouvelle de votre défaite, et quittez au plus tôt le Système de Véga. Si vous vous obstiniez, pas un de vos navires ne reverrait Topsid !

Trker sentit la « possession » se relâcher lentement ; il retrouva l'usage de sa propre pensée. Il se pencha sur l'écran du visiophone, crispant ses griffes sur le cadre de l'appareil.

— Ordre à toutes les unités de l'escadre ! Attaquez la planète neuf et détruisez-la. Même si je vous en donnais le contrordre.

Il n'alla pas plus loin. La « possession » reprit ; tout s'obscurcit devant ses yeux. Après une seconde de silence, il continua, de la même voix grinçante :

— ... C'est que j'aurais mes raisons. Comme à présent. Nous rallions Ferrol et renonçons à l'attaque contre Rofus. Compris ?

Personne, à vrai dire, n'y comprenait rien. Mais les Topsides étaient un peuple trop discipliné pour discuter les décisions d'un supérieur. Les vaisseaux virèrent bord pour bord.

Lorsqu'il se retrouva devant l'amiral, Trker-Hon tenta vainement de se justifier ; lui-même, plus que tout autre, s'irritait de sa conduite !

— C'est bon, c'est bon, grommela Rok-Gor. (Il fixait le plafond d'un air distrait.) Vous vous expliquerez dans quelques jours devant la commission d'enquête. On vient de m'annoncer sa prochaine arrivée.

*
* *

Rok-Gor, assis dans son bureau, creusait machinalement, du bout de ses griffes des dessins compliqués sur

le bois poli de sa table de travail ; il se calmait ainsi les
nerfs, dans l'attente de la commission.

En face de lui se tenaient Trker-Hon et Chrekt-Orn ;
le mutant Ralf Marten, à travers les yeux et les oreilles
de ce dernier, participait à la conversation.

Marten était le fils d'un Allemand et d'une Japonaise ;
à son père, il devait ses yeux bleus et sa haute stature, à
sa mère, ses cheveux noirs, et aux radiations atomiques
ses étranges facultés. Il avait le pouvoir de se glisser
dans le cerveau d'autrui et d'utiliser ses sens à son insu.
C'est ainsi qu'il assistait à l'entretien des trois lézards
par l'entremise involontaire de Chrekt-Orn. Pendant ce
temps, son corps immobile, cataleptique presque, reposait dans la chambre secrète du Palais-Rouge, sous la
garde de Bully et de ses amis.

— Il s'agissait d'hypnose à distance ! grinça Trker-
Hon, en rappelant ses deux incompréhensibles erreurs :
il avait, la première fois, insulté l'Autocrate et, la
seconde, donné l'ordre à sa flotte de rompre le combat,
en pleine bataille. Je ne savais plus ce que je faisais, je
n'étais plus maître de ma volonté : l'ennemi doit dispo-
ser d'appareils influençant les ondes cérébrales.

— Et comment, demanda Rok-Gor avec ironie,
expliquez-vous les autres phénomènes ? Chrekt-Orn
s'envolant soudain jusqu'au plafond, et ce fantôme noir
hantant vos navires pour y semer la ruine et la panique ?
S'agissait-il d'hypnose ?

— Les races étrangères, mêmes primitives, disposent
parfois d'étranges moyens d'action auxquels on finit
toujours, à la longue, par découvrir une explication
logique.

— C'est bien pour cela que je vous ai réunis, coupa

Rok-Gor, hargneux. N'oubliez pas que, si cette campagne se solde par un échec, nous en serons tenus pour responsables. Et cet échec serait consommé si la Commission décidait le retrait de nos troupes. Nous devons donc trouver au plus vite une excuse à ces regrettables événements et, surtout, éviter qu'ils ne se reproduisent. J'attends vos suggestions : vous avez, l'un et l'autre, en tant que victimes, l'expérience de cette fantasmagorie !

— Je ne me souviens de rien, avoua Trker-Hon. J'avais totalement perdu conscience : je ne puis donc vous être d'aucune aide.

— Sottises ! (Rok balaya d'un geste de rage une chaise qui se trouvait près de son bureau.) La Commission comportera certainement des experts : le moindre détail leur serait précieux. Selon l'habitude, la Commission ne quittera le navire qui l'amène qu'une fois établie la liaison avec Topsid — ceci pour éviter tout risque de piège ou de trahison. Les hypercaméras resteront braquées sur les envoyés de l'Autocrate tout le temps que durera leur enquête. Si nous n'avons rien de précis à leur mettre sous la dent, ils peuvent décider de renoncer à cette campagne ou bien faire nommer un nouveau commandement : ce qui, dans l'un ou l'autre cas, signifierait la fin de notre carrière ! Je pense que nous nous sommes compris ?

— Ce fut une grosse faute que d'appeler une Commission d'enquête ! reprocha Chrekt-Orn. Si vous vous étiez tenu tranquille, j'occuperais encore mon poste, et nous n'aurions pas à trembler pour notre avenir : nous aurions eu tout le temps de chercher une explication satisfaisante : il n'y a pas de fantômes et...

Les mots s'étranglèrent dans sa gorge. Les yeux exorbités, il regardait un coin de la pièce, où la chaise, repoussée tout à l'heure par Rok-Gor, s'était fracassée contre le mur. D'invisibles mains en rassemblaient les débris ; puis la chaise reconstituée monta lentement vers le plafond pour s'arrêter juste au-dessus de l'amiral. Rok, alarmé par l'expression de Chrekt-Orn, leva la tête, mais ne réagit pas assez vite, lorsque la chaise, dégringolant soudain, lui tomba sur le crâne avec un craquement sinistre, s'emboîtant comme une fraise autour de son cou.

Chrekt et Trker, avec un mélange d'effroi et de satisfaction secrète, observèrent leur supérieur, qui, figé d'épouvante, n'osait plus faire un geste.

Ralf Marten, à mi-voix, décrivait à ses compagnons le déroulement de la scène ; Bully, dans son coin, s'étouffait de rire. Anne Sloane, cessant son action à distance, se détendit.

— Par tous les dieux ! souffla Rok. Qu'est-ce que c'était ?

— La chaise ! hoqueta Trker. La chaise s'est vengée : vous l'aviez maltraitée. Les objets inanimés prennent vie.

— Non ! coupa Chrekt-Orn. Nous avons été victimes d'un truc d'illusionniste. Une hallucination.

— Vous appelez cela une hallucination ! hurla Rok, en arrachant son « collier » qu'il jeta sur le sol et piétina. J'ai une bosse sur la tête ! Depuis quand les hallucinations vous donnent-elles des bosses ?

Chrekt tenta de l'apaiser :

— Ce n'est pas ce que je voulais dire : le processus physique de ce phénomène n'a rien d'illusoire. Mais il ne peut s'agir d'objets inanimés s'animant soudain. Nos ennemis déplacent certainement la matière à distance :

utilisent-ils pour cela des machines, ou la puissance de leur esprit, rien ne nous permet encore de l'affirmer.

— Radotages ! protesta Gor ; mais un doute fêlait sa voix. Les Arkonides ne sont pas des surhommes !

— D'accord ! Mais leurs alliés ? Car nous avons affaire à trois adversaires : les Arkonides, les Ferroliens et quelqu'un d'autre. Et ce quelqu'un possède des pouvoirs magiques.

— Et vous voulez faire avaler ces contes de bonne femme à la Commission ? Je leur dirai la vérité : vous avez tous deux failli à votre devoir. Les raisons en importent peu ! Comme il m'importe peu de savoir ce qu'il adviendra de vous. Nous ne devons avoir, nous, Topsides, qu'un seul objectif : retrouver le croiseur naufragé des Arkonides et, par la même occasion, la planète de Jouvence !

Chrekt approuva gravement. Mais il avait eu le temps d'échanger un bref regard avec Trker qui, pas plus que lui, ne se souciait de se voir sacrifier aux ambitions de l'impitoyable Rok-Gor.

Marten, à ce moment, jugea qu'il en savait assez ; son esprit réintégra son corps. Il ouvrit les yeux.

— Et alors ? demanda Bully avec impatience.

— Nous avons jusqu'à demain pour imaginer une belle mise en scène : n'oubliez pas, mon cher, que l'Autocrate en personne y assistera par hypervision !

— Il en aura pour son argent ! affirma Reginald avec un large sourire.

*
* *

A Sic-Horum, la capitale des Sichas, Perry Rhodan recevait les rapports de ses hommes et des agents

ferroliens. Il s'entretenait, pour l'instant, avec Gloktor,
chef d'un important groupe de résistance. L'autochtone
ressemblait beaucoup aux Terriens, n'eût été sa médio-
cre stature et sa bouche trop petite ; il avait des yeux
étroits et vifs, enfoncés sous de lourdes arcades sourcilières. Sa peau, comme celle de tous ses compatriotes,
était d'un bleu clair, en contraste avec ses cheveux roux,
plantés bas.

— Les réseaux de Thorta redoublent d'activité. Au
cours des trois derniers jours, quatre postes de garde ont
été surpris et massacrés ; nous avons fait une vingtaine
de prisonniers et détruit deux voitures de transport.

— Parfait, approuva Rhodan. Comment les Topsides
réagissent-ils ?

— Ils ont définitivement licencié le personnel local
qu'ils avaient engagé : les Ferroliens ne leur inspirent
plus confiance ! Ce qui, naturellement, a ses désavan-
tages.

— Nous les avons déjà compensés, coupa Rhodan.
Comme vous le savez sans doute, nous avons des yeux et
des oreilles partout.

— J'en ai entendu parler, en effet, affirma le Sicha,
rayonnant. C'est la fable de Thorta : les lézards seraient
la proie de fantômes ! Mais de fantômes combattant
pour la bonne cause.

— Vous pouvez en être assuré. Merci, Gloktor, ce
sera tout. Poursuivez votre activité, que l'ennemi ne
trouve pas un seul instant de repos. Maintenant, j'aimerais m'entretenir avec Kekéler.

Ce dernier était le chef des Sichas, un peuple batail-
leur vivant dans la montagne et farouchement épris de
son indépendance. D'âge certain et l'air taciturne,
Kekéler n'en était pas moins l'âme de la résistance. Il

savait tout ce que les siens devaient à Rhodan ; il eût donné sa vie sans hésitation pour l'aider à chasser l'ennemi de sa planète natale.

— Les lézards commencent à devenir nerveux. L'action de nos groupes de guerriers a amené l'évacuation de deux points stratégiques, dont nos troupes régulières ont repris possession. C'est un très gros succès. Les nouvelles ne se transmettent que lentement : il m'est donc difficile de vous faire un rapport détaillé. Je puis cependant affirmer que les jours de l'ennemi sur Ferrol sont désormais comptés !

Rhodan hocha la tête, satisfait. Puis il se tourna vers Reginald qui attendait, impatient, de prendre la parole.

— Les mutants, Bully ?

— Ils font enrager les lézards ! éclata Bull, qui ne contenait plus son triomphe. Ceux-ci se tirent mutuellement dessus et se suspectent les uns les autres ; le haut état-major est rongé par la dissension : chacun s'efforce de sauver sa peau, et tant pis pour celle du voisin ! Une commission spéciale arrive demain pour étudier la situation : je me propose de lui donner une leçon dont elle se souviendra. L'enquête sera transmise en direct, par hypervision, à Topsid : l'Autocrate daignera y assister. Le cher homme va se voir offrir un spectacle comme il n'en avait jamais rêvé de sa vie, fiez-vous à moi !

— Je n'en doute pas. Mais garde-toi d'exagérer : rien, dans ton action, ne doit trahir notre origine. Egarons les Topsides sur de fausses pistes. Nous en reparlerons : mais, d'ores et déjà, tu peux compter, pour demain, sur l'aide de toute la Milice. Maintenant, je retourne sur Rofus : Bull, tu m'accompagnes. Kekéler, tenez-vous prêt pour demain, vous aussi. Afin d'augmenter le désarroi des Topsides, une escadrille de chasse va se rendre à Sic-Horum : de là, elle rayonnera sur tout le territoire, tenant la flotte adverse en haleine. Ne laissons pas aux lézards le temps de réfléchir.

*
* *

Les deux Terriens regagnèrent Rofus par le transmetteur. Le processus, toujours le même, était simple : on entrait dans une « cage », on actionnait un levier, et l'on se retrouvait, après quelques secondes, dans une autre cage, identique, à des milliers ou des millions de kilomètres de là, parcourus en état de dématérialisation. Le voyageur ne s'apercevait pas de ce passage dans un para-espace, dont les lois relevaient d'une cinquième dimension — une dimension que les Ferroliens, de par leur forme d'esprit, étaient bien incapables de comprendre ou d'imaginer...

Rhodan soupira ; il se heurtait là toujours à la même contradiction ! Mais, cette fois, le Thort lui avait donné toute latitude pour s'entretenir sans détours avec Lossoshér, le plus grand savant de Ferrol. Ce sage vieillard, qui faisait partie du Conseil des ministres, passait pour le génie de sa génération.

— Ta mise en scène de demain va dépendre des renseignements que je pourrai obtenir de Lossoshér, dit Rhodan à Bull. Je crains que le Thort ne l'ait chapitré, lui donnant certaines consignes de silence. Je ne m'en inquiète pas trop : Ishy Matsu assistera à l'entretien. C'est une télépathe, entraînée non seulement à capter les pensées, mais aussi à transmettre les siennes à des cerveaux non mutants. Le cas échéant, elle nous avisera

donc, et sans qu'il ne s'en doute, des mensonges de
Lossoshér.

— Absurde ! grogna Bull. Nous aidons les Ferroliens,
mais ces oiseaux-là ne nous font pas confiance !

— Essaie un peu de les comprendre : le sujet qui
m'intéresse semble bien pour eux frappé de tabou. Il ne
reste plus, de cet événement perdu dans la nuit des
temps, que des chroniques plus ou moins vagues ; les
transmetteurs s'y rattachent d'une manière ou d'une
autre. Les Ferroliens n'y ont peut-être pas joué le beau
rôle ? Ce qui expliquerait la répugnance du Thort à
satisfaire ma curiosité.

Ishy Matsu, une frêle Japonaise, attendit les deux
hommes. Peu après, ils étaient en présence de Lossoshér.

Le vieux savant les salua aimablement.

— Notre grand Thort m'a mis au courant de vos
désirs. Nous abordons là, je l'avoue, un sujet épineux.
Mais la lutte menée en commun contre les Topsides a
fait de nous des alliés : les secrets ne sont plus de mise.
Le Thort m'a autorisé à vous faire connaître tout ce que
je sais moi-même sur l'origine des transmetteurs.

— J'apprécie à sa juste valeur la confiance dont votre
souverain nous honore, répondit l'astronaute, guettant
un message muet de la Japonaise.

Ishy se manifesta :

— Il dit la vérité.

— Les transmetteurs, reprit-il, témoignent de l'incroyable génie technique de leurs inventeurs. Pourquoi
les Ferroliens ne sont-ils plus en mesure de construire de
nouveaux transmetteurs ? Avant mon départ pour Sol,
le Thort m'a remis des plans détaillés : ils se sont révélés
inutilisables, car incomplets.

— Nous serions bien incapables de construire ces transmetteurs, avoua le savant. Ils sont l'œuvre d'une race étrangère, à qui notre peuple rendit jadis un grand service ; en récompense, nous reçûmes en cadeau un grand nombre de ces appareils mystérieux. On nous en laissa également les plans, mais, pour éviter les abus, nous ne pourrions les utiliser que le jour où nous aurions atteint un degré suffisant de maturité, tant éthique que technique. Ces plans se trouvent donc cachés dans une crypte du Palais-Rouge, défendue par un champ d'énergie quintidimensionnel. Il est absolument impossible d'y pénétrer pour qui ne maîtrise pas cette forme de pensée, permettant seule de trouver la clef de ce secret.

— Il dit toujours la vérité, signala discrètement Ishy.

— Qui étaient ces étrangers ? demanda Rhodan.

Lossoshér sourit avec bienveillance ; son regard se perdit dans le lointain ; on eût dit qu'il contemplait un passé vieux de plusieurs millénaires.

— Nous nous trouvions alors à l'aube de notre histoire ; nous ignorions tout du vol spatial ; mais nous savions pourtant que nous n'étions pas les seuls êtres vivants dans l'Univers. Car des visiteurs nous étaient venus de l'espace. D'abord, une sphère gigantesque atterrit sur notre planète. Que se passa-t-il alors ? Nous n'en savons rien à présent. La rencontre n'eut pas de suite ; les étrangers repartirent à bord de leur navire et ne revinrent jamais — l'événement remonte à dix ou douze mille ans. Nous supposons qu'ils ont servi d'archétypes à certaines de nos divinités.

— Il en va sans doute de même chez nous, commenta Bully ; mais personne ne prit garde à sa réflexion.

— Puis il y eut une seconde visite, continua le savant. Différente de la première en bien des points. Il ne s'agissait plus, cette fois, d'une action volontaire, mais d'un naufrage pur et simple. L'astronef s'écrasa dans les montagnes du pays Sicha, et s'y carbonisa ; presque tout l'équipage, pourtant, put se sauver. Il en résulta, bon gré mal gré, des contacts avec les autochtones. Ceux-ci, prenant les arrivants pour des dieux, les reçurent à bras ouverts. Ils leur fournirent les matières premières pour construire d'étranges appareils qui leur permettraient de regagner leur planète natale : les transmetteurs, vous le devinez. C'était pour eux le seul parti à prendre : ils ne pouvaient lancer de message de détresse, leurs émetteurs étant détruits. Et, un beau matin, les étrangers disparurent.

— Mais les transmetteurs vous restaient ?

— Oui. Avant son départ, le chef de l'expédition naufragée s'était entretenu avec notre Thort, lui fournissant quelques détails : les étrangers venaient d'une planète au-delà de Rofus — la dixième, donc. Nos ancêtres ne comprenaient que peu de choses à la question ; ils se rendaient bien compte, toutefois, de l'importance de cette visite céleste. Ils rédigèrent, en conséquence, des chroniques très précises, qui nous sont parvenues.

Comme Lossoshér se taisait, Rhodan insista :

— Que savez-vous à présent de cette dixième planète ? L'avez-vous explorée ?

— Certes. Mais sans résultat. Elle est déserte et, de l'avis des spécialistes, l'a toujours été. Les étrangers, sur ce point, nous ont menti.

Rhodan ne cacha pas sa déception.

— Rien ne permet donc d'affirmer que ces visiteurs venaient bien du Système de Véga ? Dommage ! Je donnerais beaucoup pour faire la connaissance de ces gens. N'avez-vous aucun indice sur leur origine ? A quoi ressemblaient-ils ?

— Les chroniques ne le précisent pas ; ce devait être des hommes comme vous et moi. Quant aux indices...

Le savant hésita.

— Il se demande s'il peut tout vous dire, signala la Japonaise.

— Il y en a bien un, reprit Lossoshér. Mais il ne vous sera sans doute pas de grande utilité. Durant les longues années de leur séjour ici, pas un seul des étrangers ne mourut. Certains d'entre eux, pourtant, étaient, de toute évidence, très âgés. Comme nos ancêtres s'étonnaient, il leur fut répondu : « Nous vivons plus longtemps que le soleil. »

— C'est toujours un point d'acquis. Mais pourquoi ces visiteurs, se vantant ainsi d'être pratiquement immortels, ne sont-ils jamais revenus vous voir depuis dix millénaires ?

— Je me suis aussi posé la question. Je ne vois qu'une alternative : ces êtres étaient originaires d'une autre galaxie, ou bien ils ont été victimes d'une catastrophe, anéantissant leur race. A moins qu'ils n'aient émigré.

— En ce cas, vous auriez retrouvé au moins des ruines sur la dixième planète ! N'importe quelle civilisation, si primitive soit-elle, ne disparaît pas sans laisser de traces, bien lisibles pour les archéologues. A plus forte raison, lorsqu'il s'agit d'un peuple d'immortels, d'une haute évolution ! Non, un tel peuple ne s'évanouit pas en fumée !

Rhodan se leva.

— Je vous remercie, Lossoshér. La solution de ce problème vous intéresse autant que moi. Je propose donc, lorsque nous aurons définitivement chassé les Topsides de Ferrol, de partir en expédition sur la dixième planète. A nous deux, nous aurons peut-être plus de chance.

— Ce sera un grand honneur pour moi de vous accompagner, répondit le savant avec enthousiasme. Je réaliserai de la sorte un rêve depuis longtemps caressé !

— A bientôt donc, sur Véga X ! conclut l'astronaute en souriant.

....
....

CHAPITRE IV

Pendant que, sur le spatioport, les Topsides s'affairaient à leurs préparatifs pour accueillir la commission
d'enquête, Perry Rhodan lança sa première tentative
pour s'emparer des plans des transmetteurs.

Tako Kakuta et Ras Tschubai, les deux téléporteurs,
l'accompagnaient ; ils débarquèrent dans la chambre
secrète du Palais-Rouge. Wuriu Sengu leur avait minu-
tieusement décrit le chemin qui les mènerait à la crypte.
Il n'en avait pu percer le mystère, car il se trouvait, cette
fois, devant un obstacle impénétrable à sa « seconde
vue ».

Les Terriens devaient se montrer prudents ; le palais
grouillait de Topsides. Les deux téléporteurs, par sauts
brefs, sondaient la route, afin que Rhodan puisse les
suivre sans danger. Ils utilisaient, le plus possible, les
couloirs dérobés dans l'épaisseur des murs ; mais il leur
fallait aussi traverser à découvert certains corridors, ou
de vastes pièces.

Ils arrivèrent enfin dans les caves, presque désertes,
du gigantesque bâtiment. Tako explora le terrain.

— Nous allons atteindre un passage qui débouche
sous une énorme salle voûtée ; là, juste au milieu,

devrait se trouver la crypte. Mais je crains fort, commandant, que vous ne soyez déçu !

Rhodan, sans poser de questions inutiles, suivit le Japonais ; l'Africain formait l'arrière-garde.

Ils s'arrêtèrent sur le seuil de la cave ; celle-ci, qui mesurait environ cinquante mètres de côté, était vide.

L'astronaute, surpris, chercha dans sa poche l'esquisse faite par Wuriu Sengu. Ses deux compagnons regardaient par-dessus son épaule.

— Nous ne nous sommes pas trompés. C'est bien là qu'est la crypte... ou plutôt qu'elle devrait être... juste devant nous. Pourtant, je ne vois rien. Mais Sengu a pu mal estimer la profondeur : il y a peut-être une seconde cave, sous nos pieds ?

— J'en aurai le cœur net, dit Ras, qui disparut.

Quelques secondes plus tard, il réapparaissait.

— Non, rien. De la roche pleine. Au-dessus de nous, rien non plus : une sorte de garde-meubles. Il faut donc que ce soit ici ! Cette crypte ne peut être devenue brusquement invisible, alors que Sengu l'a bien vue : elle était même la seule chose imperméable à son regard ! Un véritable paradoxe.

— Peut-être, dit Rhodan, le paradoxe est-il justement la normale, dans un univers à cinq dimensions ?

— Comment cela ?

— Notre « voyant » transforme les réseaux de structure de la matière, qui deviennent pour lui transparents. Mais cet écran d'énergie quintidimensionnelle n'obéit pas aux mêmes lois : il demeure impénétrable pour Sengu. Pour nous, en revanche, qui ne possédons pas ces facultés de voyance, il reste invisible, comme il le resterait aussi pour Sengu, s'il se tenait à ma place et n'utilisait que ses yeux « normaux ».

— Je n'y comprends rien, avoua Ras Tschubai.

— Et moi pas davantage. Allons nous rendre compte sur place.

Ils s'avancèrent de quelques pas, et se heurtèrent soudain à un obstacle invisible. Rhodan ne parut pas étonné.

— Je le pensais bien !

Tako, soupçonneux, passait les mains sur une surface lisse, dont le toucher, seul, révélait l'existence.

— De l'air solidifié, du cristal...

— Que les yeux de Sengu ne pénétraient pas. Les nôtres non plus : nous en avons seulement l'illusion. L'angle d'incidence de nos regards est dévié de telle sorte que nous croyons toujours avoir devant nous l'autre côté de la salle. Ras, allez donc jusqu'au mur du fond ; mais faites un détour pour éviter la crypte.

L'Africain suivit la muraille et, comme il arrivait en face de ses compagnons, disparut : la mystérieuse « crypte » le leur dissimulait.

— Incroyable ! soupira l'astronaute. Une construction matérielle et pourtant invisible — inviolable. Mettant en échec les pouvoirs de Sengu et, probablement, les vôtres aussi, Tako. Je me demande...

Il s'interrompit. Le Japonais, sans attendre, s'était évaporé. Un cri de douleur retentit, déchirant.

Tako, rematérialisé à mi-hauteur du plafond, glissait rapidement comme le long d'une pente, s'efforçant en vain de trouver un point d'appui où se retenir. Il atterrit sans douceur sur les dalles. Il tremblait de tous ses membres, et son visage exprimait à la fois la stupeur et l'indignation.

— Pas pu ! hoqueta-t-il. Je n'ai pas pu passer ! Qu'est-ce que c'était ?

— Le barrage, expliqua Rhodan. En vous téléportant, vous vous êtes écrasé contre lui, comme un oiseau frappe une vitre. Même un mutant ne peut donc pénétrer dans cette crypte ; j'espère que le cerveau positronique de l'*Astrée* nous aidera à en trouver la clef : pour ma part, j'y renonce.

Ras s'était approché prudemment.

— De quoi s'agit-il ? D'un écran d'énergie ?

— Un téléporteur le traverserait sans peine. Non, nous devons avoir affaire à un réseau quintidimensionnel, qui, pratiquement, n'existe pas ici, mais ailleurs, sur un autre plan du continuum. Inutile de perdre notre temps devant cet obstacle : allons plutôt voir ce qu'en pense le cerveau.

Les trois hommes, en silence, quittèrent la salle. Une salle vide — et qui, pourtant, ne l'était pas.

* *

Plus de deux cents astronefs fusiformes, renflés en leur milieu, se trouvaient réunis sur le spatioport géant de Thorta. Devant chaque unité, l'équipage, en rang, venait, une dernière fois, d'être passé en revue par Trker-Hon, soucieux d'accueillir dignement la commission d'enquête.

Puis Trker rentra au Palais-Rouge, où Rok-Gor l'attendait avec impatience.

— Tout est prêt, annonça l'officier. Quand arrivent-ils ?

— D'une minute à l'autre. Leur navire a pris contact avec la tour de contrôle. Tout est-il… (La voix de Gor se fêla.) normal ?

— Tout. Peut-être les Ferroliens ont-ils renoncé ?

— Qui vous parle des Ferroliens ? Ce sont ces maudits Arkonides qui nous mènent la vie dure ! Ils ont certainement une base sur la planète IX, que nous réduirons en poussière, dès après le départ de la commission. Il est temps de donner une bonne leçon à ces maudits impérialistes ! Où reste donc Chrekt-Orn ?

— Il nous attend au spatioport.

— Bon. Allons le rejoindre.

Tout avait été magnifiquement préparé, selon le goût topside. Une tribune se dressait devant les équipages en rangs serrés, encadrée d'hypercaméras. Rok-Gor tenait à ce que l'Autocrate, à huit cents années de lumière de là, fût témoin de cette belle parade militaire : il verrait ainsi combien Rok-Gor était digne de son poste de commandant en chef du corps expéditionnaire. Ensuite, il n'y aurait plus qu'un pas jusqu'au grade de grand amiral. Que cela dût entraîner la disgrâce définitive (et, partant, la déportation ou la mort) du malheureux Chrakt-Orn ne le préoccupait pas le moins du monde.

Chrekt ne l'ignorait pas ; aussi attendait-il avec des sentiments pour le moins mitigés l'arrivée du commissaire. Lenoir, qui s'était, pour un instant, glissé dans son cerveau, en éprouva presque de la pitié pour l'ex-amiral, et se jura de châtier vigoureusement le trop ambitieux arriviste.

La voiture s'arrêta. Rok-Gor en descendit, suivi de Trker-Hon, et profita du temps qui lui restait pour inspecter ses soldats. Tout était calme ; on se serait cru presque en temps de paix ; des patrouilleurs, pourtant, croisaient au large de la planète, pour éviter toute surprise fâcheuse : c'est du moins ce dont les Topsides étaient persuadés...

Dans la chambre secrète, contenant le transmetteur,

Bully se faisait décrire la scène en détail par Sengu, le voyant, dont on aurait pu croire qu'il y assistait en personne.

— Maintenant, Gor achève de passer les troupes en revue. Une outre gonflée de vent et d'orgueil, ce nouvel amiral ! Comme s'il devait son poste à son propre mérite ! Il ne l'aurait jamais obtenu, si nous n'avions perché le pauvre Chrekt-Orn sur le lustre... Ah ! voici l'astronef ! Une gigantesque machine, vraiment. Elle atterrit. Les soldats présentent les armes. Le sas s'ouvre. Un lézard apparaît ! Ciel ! de toute ma vie, je n'avais encore jamais vu d'uniforme aussi bariolé ! André, à vous maintenant ! Je ne peux pas entendre ce qu'ils disent. Et vous, vous lisez leurs pensées.

André Lenoir prit le relais...

Rok-Gor, majestueusement, s'avançait vers les arrivants — le commissaire, suivi à distance respectueuse de son escorte — qui marchaient droit vers la tribune. A bord de l'astronef, les hypercaméras transmettaient l'image de la rencontre à l'Autocrate, à huit cents années de lumière de là.

Le commissaire s'arrêta, attendant que Rok-Gor l'eût rejoint. Ce dernier salua et prit la parole :

— Au nom de mes troupes, je suis heureux d'accueillir l'envoyé de notre bien-aimé souverain sur la huitième planète de Véga. Nous occupons ce globe dans sa totalité. Nos forces sont très supérieures à celles des indigènes. Nous aurons, dans quelques jours, anéanti les derniers bastions de la résistance ennemie.

Le commissaire l'interrompit sèchement :

— Des fautes graves, autant qu'incompréhensibles, ont été commises. De quoi s'agissait-il ? Chrekt-Orn n'a-t-il rien à dire pour sa défense ?

L'ex-amiral se tenait modestement à l'arrière-plan.
Lorsque son nom fut prononcé, il s'avança, conscient de
sa culpabilité. La tristesse embrumait ses yeux noirs et
saillants.

— Nous n'avons pas à lutter seulement contre les
autochtones (Nous en viendrions sans peine à bout.),
mais aussi contre les Arkonides, nos ennemis de toujours. Ils ont pénétré jusqu'à cette région de la galaxie
(Leur S.O.S. le laissait prévoir.) et disposent de moyens
d'action redoutables...

— Comment ? s'exclama le commissaire. Je croyais
cette campagne presque terminée, à notre avantage !

A ce moment, André Lenoir décida de passer à
l'offensive, par le truchement de l'infortuné Chrekt.

— La campagne ! Parlons-en ! déclara d'une voix
ferme, l'ex-amiral. Rok-Gor oublie tout simplement
d'avouer à M. le haut-commissaire qu'il se trouve
dépassé par les événements. Des forces occultes s'oppo-
sent à nous : nos soldats, rendus inconscients, se muti-
nent, des objets inanimés s'animent soudain, nos croiseurs ouvrent le feu les uns sur les autres, nos officiers...

— Mensonges ! hurla Rok-Gor. Mensonges éhontés !
Chrekt-Orn tente de masquer son incapacité sous de
fallacieuses excuses ! Nous n'avons affaire qu'à un
ennemi très normal...

— Normal, peut-être, coupa Chrekt. N'empêche, il
nous est infiniment supérieur. Nous ferions mieux
d'abandonner le système de Véga dans les plus brefs
délais.

Le commissaire, hautain, écoutait la dispute sans
intervenir ; il ne dissimulait pas son intérêt.

— Pourquoi ces contradictions ? dit-il enfin. Que
s'est-il véritablement passé ici ?

— Bien des choses ! Des officiers se rebellent...

— Ils en ont été punis sur l'heure, intervint Rok. Le fait est rare, mais non exceptionnel. Je ne vois là aucune raison d'interrompre une campagne prometteuse.

— Ne vous y trompez pas, commissaire ! Les Arkonides disposent d'armes nouvelles, capables d'influencer les cerveaux à distance. Ils peuvent même s'emparer psychiquement des commandes de nos astronefs !

Une voix puissante retentit, amplifiée par les microphones :

— L'Autocrate vous parle.

Le maître de Topsid se manifestait.

— J'exige un rapport immédiat et complet sur les événements de Ferrol. Notre adversaire, quel qu'il soit, doit être anéanti. Puisque Rok-Gor se révèle un incapable, je désigne un autre commandant en chef : Trker-Hon. Où est-il ?

Trker s'avança.

— A bas l'Autocrate ! cria-t-il, enthousiaste. A bas le commissaire !

Ce dernier pencha la tête, comme s'il doutait du témoignage de ses oreilles.

— A bas l'Autocrate ! répéta Trker, ce misérable despote ! Les Ferroliens ne nous ont rien fait ; laissons-les tranquilles et quittons ces parages. A bas le commissaire ! A bas les espions du gouvernement !

Le commissaire se redressa et fit un signe ; les soldats de son escorte dégainèrent leurs armes.

— Mutinerie, seigneur ! dit-il. Mutinerie ouverte de plusieurs officiers. Vos ordres, seigneur ?

— La mort pour les mutins.

Rok-Gor, brutalement, arracha son radiant de sa ceinture et le braqua sur le commissaire ; celui-ci, frappé en pleine poitrine par le trait de feu blême, s'effondra. Revenus de leur stupeur, ses gardes du corps ripostèrent, abattant l'amiral. Puis ils se retirèrent en formation serrée, pour regagner leur astronef au plus vite. Le sas se referma derrière eux.

La voix de l'Autocrate retentit à nouveau :

— Chrekt-Orn ! Je compte sur votre retour à Topsid, avec toute la flotte, pour m'annoncer la fin de cette campagne et notre victoire définitive. Une défaite signifierait votre arrêt de mort. Et ne vous avisez pas de chercher votre salut dans la fuite : où que vous vous cachiez, nous vous retrouverions, vous et vos officiers !

La voix s'éteignit. Le puissant navire décolla, puis, à pleine vitesse, fonça vers le ciel et disparut.

Chrekt-Orn songea qu'il se tirait de l'affaire sans trop de dommages : on lui laissait un délai.

— Vive l'Autocrate, hurla-t-il. Vive notre glorieux Autrocrate ! Longue vie à notre souverain bien-aimé ! Haut les cœurs !

Le croiseur N° 37, comme pour illustrer ces vigoureuses paroles, monta soudain en flèche, décrivit trois tonneaux, puis lâcha une salve neutronique au-dessus du spatioport. Tous les lézards, avec ensemble, se jetèrent sur le sol, cherchant à s'abriter. Trker-Hon s'égosillait en vain ; il finit par ordonner de lancer un chasseur aux trousses de l'astronef fou, pour l'arraisonner, avec son équipage. Il fut très étonné d'apprendre que l'astronef avait décollé... sans équipage.

En une seconde, il comprit avec horreur que toute l'escadre, comme le N° 37, pourrait échapper à son contrôle, et déserter, inexplicablement.

Les Ferroliens et les Arkonides étaient invincibles !

— Aux croiseurs ! Tous aux croiseurs ! Nous quittons Ferrol. D'autres instructions suivront plus tard !

* * *

Dans la chambre secrète du Palais-Rouge, André Lenoir expliquait à Bully :

— Ce dernier ordre, c'est Trker-Hon qui l'a donné de son propre chef : je ne lui ai pas dicté sa décision. Je crois bien que les lézards commencent à devenir raisonnables. Chrekt-Orn s'est rallié sans hésitation à cette fuite décidée par Trker. Ferrol va enfin voir les talons de ces messieurs. Anne, que diriez-vous d'une ultime démonstration ?

La jeune fille prit la main de Sengu.

— Où en sont-ils ?

Bull trépignait d'excitation ; par malheur, il lui était interdit de profiter de la « voyance » de Sengu. Mais, après tout, le palais ne se trouvait-il pas déserté par ses occupants ? Rien ne l'empêcherait de monter sur l'un des toits en terrasse où observer la suite des événements.

— Attendez deux minutes avant de commencer, dit-il à Anne. Pour un empire, je ne voudrais pas manquer le spectacle !

Il bondit hors de la chambre, galopant vers le plus proche ascenseur.

— Je trouve Bull bien imprudent, grogna Lenoir, qui se retourna vers Sengu. Et alors ?

— La retraite s'organise. Les Topsides embarquent ; ils laissent une grande partie de leur matériel sur place ; je pense qu'ils projettent de revenir le chercher un jour ou l'autre.

— C'est une envie que je m'en vais leur faire passer !
annonça Anne, qui attendait avec impatience la fin des
deux minutes.

Puis, lorsque Sengu lui eut signalé l'arrivée, sain et
sauf, de Bull sur la terrasse, la jeune fille se concentra
comme jamais encore elle ne l'avait fait.

*
* *

— Je crois, dit Rhodan (Il s'adressait au Thort), que
les Topsides ne se risqueront plus de sitôt dans les
parages de Ferrol. Bull et ses mutants leur ont donné
une leçon dont ils se souviendront ! Ils ont eu tellement
peur qu'ils vont même, sans doute, abandonner le
système de Véga.

Thora, qui assistait, avec Krest, à l'entretien, secoua
la tête.

— Le cerveau électronique affirme, avec une proba-
bilité de quatre-vingt-dix pour cent, qu'ils n'en feront
rien. Ils savent ce qui les attend, s'ils regagnaient Topsid
en vaincus. Vraisemblablement, Chrekt-Orn et Trker-
Hon vont chercher une planète déserte pour y établir
une base et méditer les plans d'une contre-attaque. Cet
avis du cerveau recoupe notre propre expérience, quant
aux réactions des Topsides. Il sera donc sage de ne pas
les perdre de vue.

Bully, qui venait d'arriver de Thorta, haussa les
épaules.

— Pas la peine ! Ils sont guéris, bien guéris. Notre
petite Anne a fait danser toute leur flotte. En mesure !
Quelle image délicieuse que celle du vaisseau amiral,
valsant sur un rythme viennois, coque à coque avec un
chasseur !

Thora daigna sourire.

— Les Topsides, dit-elle avec une indulgence inattendue, craignent plus encore l'Autocrate que les esprits malins. Surtout, lorsque ces esprits font preuve d'humour.

— Aurions-nous été trop cléments ? s'inquiéta Bull.

— Vous venez de régler avantageusement un conflit, que l'on peut, sans exagération, qualifier d'interstellaire, avec le minimum de perte chez l'ennemi. Un navire a été désintégré, le commissaire est mort, et Rok-Gor aussi : il serait difficile d'exiger une clémence plus grande !

— Bully suivait mes ordres, intervint Rhodan : notre victoire est d'autant plus spectaculaire qu'elle fut moins sanglante. Et son souvenir n'est pas près de s'effacer. J'ai envoyé Deringhouse et son escadrille en mission, pour reconnaître les mouvements de la flotte topside en déroute. J'attends son rapport d'un instant à l'autre ; aux dernières nouvelles, les lézards et leur trois cent soixante-dix unités venaient de dépasser l'orbite de la trente-huitième planète.

— Ils sembleraient donc bien avoir pris, définitivement, la fuite, s'étonna Thora. Le cerveau se serait-il trompé ?

Rhodan ne répondit pas. Une erreur de ce genre lui semblait exclue. Mais alors, quel pouvait être le plan des Topsides ?

CHAPITRE V

Autour de Véga, l'étoile bleue, tournent quarante-deux planètes, dont les plus extérieures sont des mondes morts et glacés, sous les pâles rayons d'un trop lointain soleil.

Véga XL est l'une de ces terres inhospitalières ; six lunes noires et sans phases l'accompagnent de leur ronde, d'un volume tel que l'on pourrait plutôt, géologiquement, les classer parmi les planètes. L'une de ces lunes — curiosité cosmique — possède elle-même un satellite.

La flotte des Topsides, que suivait toujours à bonne distance, l'escadrille de Deringhouse, franchit l'orbite de Véga XXXIX, puis, approchant de la quarantième planète, infléchit sa course en large parabole.

Deringhouse s'étonna : il supposait que les lézards, une fois atteintes les limites du système de Véga, plongeraient dans l'hyper-espace.

Il n'était d'ailleurs pas au bout de ses surprises. L'escadre se scinda en six groupes, d'importance à peu près égale, qui se dispersèrent. Conrad eut assez de présence d'esprit pour lancer un chasseur sur les traces de chacun de ces groupes ; comme il restait en liaison par visiophone avec les pilotes, il apprit bientôt ce qui se passait.

Les Topsides n'avaient pas la moindre intention de renoncer à la conquête végane, malgré leurs premières défaites. Mais il leur fallait regrouper leurs forces et s'assurer de nouvelles bases d'opération : les six lunes de Véga LX leur semblaient un terrain des plus favorables.

Deringhouse, laissant six de ses appareils sur place, avec l'ordre d'observer les mouvements de l'ennemi, regagna Rofus avec le reste de son escadrille, pour avertir Rhodan.

Les nouvelles qu'il apportait ne parurent guère, à sa grande déception, surprendre l'astronaute. Celui-ci se contenta d'approuver les dispositions prises : des patrouilles continueraient de surveiller les six lunes.

— Deringhouse, je compte sur vous pour que les Topsides ne puissent lancer d'attaque-surprise ; j'ai, pour l'instant, mieux à faire que de m'occuper des lézards ! Ce sera tout, merci.

Il attendit que Conrad eût quitté la pièce pour se retourner vers Bully, affalé dans un fauteuil.

— Va me chercher Thora et Krest. Le Thort aussi. J'ai à leur parler.

— Pourrais-je assister à votre conversation ?

— Non seulement toi, mais aussi John Marshall. Je veux savoir si le Thort dira bien la vérité. Va, dépêche-toi.

— Je vole ! soupira Reginald, en se levant avec une sage lenteur.

Resté seul, Rhodan se replongea dans ses pensées. Les Topsides n'étaient pas, pour l'heure, le principal problème : on en trouverait, en temps voulu, la solution. Tout se concentrait autour des Ferroliens, en général, et du Thort en particulier. « Nous les avons aidés, songeait le Terrien ; ils devraient donc nous en garder quelque reconnaissance : mais ils n'en manifestent guère ! Il faudra donc — de gré ou de force — les rappeler à de meilleurs sentiments ! »

Thora et Krest entrèrent.

— Vous êtes les premiers, tant mieux, dit l'astronaute, engageant. Je désire vous mettre au courant de mes intentions. Les transmetteurs de matière vous intéressent autant que moi ; nous devons donc, à tout prix, nous emparer des plans. Le Thort ne nous les donnera pas de gaieté de cœur ; mais il existe (Je le tiens de Lossoshér) une sorte de formule qui se transmet de Thort en Thort ; les Ferroliens ignorent toutefois la manière de l'utiliser. Il doit s'agir, je suppose, d'un code, capable d'ouvrir la « serrure » de la crypte.

— Et vous espérez, dit Thora, que ce Peau-Bleue vous fera partager son secret ?

— Il y sera contraint. Nous n'avons pas pour rien la Milice des Mutants : télépathes et hypnos.

Il s'interrompit, à l'arrivée de Bull, suivi de Marshall et du Thort ; ce dernier paraissait soucieux. Il devinait sans peine les intentions des Terriens.

Rhodan alla droit au but :

— Les Topsides ont été chassés de Ferrol ; plus rien ne s'oppose au retour de votre gouvernement à Thorta. Je pense, donc, Thort, que nous pouvons prendre congé de vous.

Le Végan sursauta, manifestement affolé :

— Mais l'ennemi n'a pas quitté notre système ! Cet homme, Bull, vient de me le dire. Nous sommes à la merci d'une nouvelle invasion, que nous serions bien incapables, à nous seuls, de repousser ! Vous ne pouvez nous abandonner !

— Et pourquoi pas ? Nous avez-vous manifesté la moindre reconnaissance pour notre aide passée ? Oui, certes, vous m'avez conté une belle histoire sur l'origine des transmetteurs : encore fallait-il vous arracher les mots de la bouche ! Ces quelques détails ne me sont d'aucune utilité. Quant aux transmetteurs eux-mêmes, ils sont tous en votre possession. Ce que je veux, ce sont les plans pour les construire. Les vrais. Ceux que vous m'aviez remis ne sont que d'habiles contrefaçons : vous espériez bien m'égarer, n'est-ce pas ? Ruse grossière : il vous est impossible d'exprimer en chiffres tridimensionnels une pensée quintidimensionnelle ! Donc, trêve d'atermoiements : si vous voulez que j'assure encore, à l'avenir, la défense de votre royaume, apprenez-moi comment ouvrir la crypte secrète du Palais-Rouge.

Le Thort se trouvait au pied du mur. Marshall signala, mentalement, que le Végan ne songeait plus à d'autres dérobades ; mais il hésitait encore à capituler.

— Il existe, finit-il par avouer, une sorte de mot clef. Je doute qu'il ne vous soit de grand secours. Avant de vous le confier, je voudrais, toutefois, vous poser une question : qu'adviendra-t-il, si vous parvenez, un jour, à construire de nouveaux transmetteurs ?

Ce fut Krest qui répondit :

— Pourquoi vous tracasser sur ce point, Thort ? Croyez-vous que la face du monde en serait changée ? Nous possédons des astronefs qui fonctionnent sur le même principe que vos transmetteurs : nous nous dématérialisons pour traverser l'hyper-espace. Vos transmetteurs ne font pas autre chose ; il s'agit, tout au

plus, d'un procédé plus simple et plus perfectionné. Le
dévoiler n'entraînera pas l'écroulement de la Galaxie !

— Certes. Mais les étrangers qui nous confièrent ces
appareils nous en refusèrent les plans ; nous ne devions
entrer en leur possession qu'à l'heure où nous en
serions, psychiquement, dignes, cela dût-il prendre des
millions d'années ! Pourquoi transgresserais-je cette
règle en votre faveur ?

Rhodan jeta dans la balance un argument décisif :

— Si nous savons utiliser le mot clef, cela ne prou-
vera-t-il pas que nous avons atteint à cette « dignité
psychique » qui vous tient tant à cœur ?

Le Thort tenta, un instant, de soutenir le regard gris
et glacé de l'astronaute ; puis il baissa les yeux.

— Soit. Vous avez sans doute raison. Je vais vous
donner la formule. Elle est, quoique simple, incompréhensible. La voici : Dimension X = Pentagone d'espace-
temps simultanés. C'est tout.

Un silence pesa.

Thora et Krest échangèrent un regard. Bully ouvrit la
bouche, comme une carpe qui bâille. Et John Marshall
signala :

— C'est effectivement tout.

Quant à Rhodan, il se contenta de graver la phrase
dans sa mémoire ; il ne pouvait rien faire de plus, pour le
moment.

— Je suis vraiment désolé, dit le Thort qui ne
semblait point désolé le moins du monde, de voir que
ces mots vous restent, autant qu'à moi, une énigme.
Mais j'ai pu, du moins, vous prouver ma bonne volonté.

— Nous vous en remercions vivement, Thort, répondit Rhodan, distrait. Revenons maintenant à des détails

d'ordre pratique : quand comptez-vous regagner Ferrol ?

Ce changement de conversation soulageait le Thort, de toute évidence.

— Nous préparons déjà le retour ; notre flotte est prête au départ. Moi-même et les membres de mon gouvernement quitterons Rofus par transmetteur ; les stations réceptrices de Thorta ont été remises en service. De grandes fêtes de la victoire auront lieu dans ma capitale ; vous y êtes cordialement invités.

— Nous sommes sensibles à tant d'amabilité, dit l'astronaute, non sans quelque ironie. Nous acceptons, naturellement. A ce sujet, puis-je vous rappeler qu'il me faut, sur Ferrol, une zone franche, où établir la base qui me permettra d'assurer la défense de votre planète ?

— Ne comptiez-vous pas rester sur Rofus ?

— Non. Si les Topsides attaquent un jour, leur but sera Ferrol et non Rofus. Je dois donc être à pied d'œuvre. Ma requête a aussi, d'ailleurs, d'autres motifs.

Le Thort aurait bien aimé les connaître ; mais il n'osa pas poser de questions. Il hocha la tête :

— Très bien. Nous en reparlerons après les fêtes ; nous pourrons vous donner, je pense, toute satisfaction. Veuillez maintenant m'excuser, on m'attend.

Le souverain parti, Bull, tenaillé de curiosité, explosa :

— Eh bien ! Le mot clef ? Qu'est-ce qu'il veut dire ?

Thora et Krest regardaient Rhodan qui, l'air indifférent, regardait le plafond.

— Comment le saurais-je ?

— Si tu l'ignores, alors à qui le demander ?

— A celui que je vais justement interroger. Tout de suite.

L'astronaute se dirigea vers la porte. Bull bondit à sa suite et le retint par le bras.

— Mais qui ?

— Le super-cerveau positronique de l'*Astrée*, tout simplement, mon cher.

Krest, sourit, satisfait.

* *

La première partie des fêtes de la victoire s'était achevée ; la seconde commencerait bientôt.

Le Thort avait regagné le Palais-Rouge ; dans Thorta, où la population fugitive revenait en hâte, la vie reprenait son rythme normal.

Le conseil des ministres, réuni en séance, accorda à Rhodan la base qu'il réclamait, dans une région déserte, au pied des montagnes des Sichas. L'*Astrée* y atterrit dès le lendemain. Ses radiants eurent vite fait de creuser, dans le sol pierreux, une gigantesque grotte de plus d'un kilomètre de profondeur, où l'astronef se trouvait admirablement camouflé. Les robots se mirent au travail, établissant la première forteresse galactique de Rhodan ; des corridors et des ascenseurs, en plein roc, reliaient les quartiers d'habitation, les ateliers, les laboratoires, les vastes hangars qui abriteraient les escadrilles de chasseurs cosmiques ; un réacteur arkonide étendit une coupole énergétique sur la citadelle, désormais imprenable.

Les mutants constatèrent vite que les Ferroliens observaient ces préparatifs avec des sentiments mitigés. Il ne leur souriait guère de voir les Topsides remplacés par un autre occupant, même si la présence de celui-ci ne leur apportait que des avantages.

Rhodan ne se troubla pas pour si peu. Il poursuivait son but : édifier le Nouvel Empire. La base de Ferrol lui était, pour cela, nécessaire ; il lui fallait aussi pénétrer le secret de la crypte des transmetteurs. Il eut un long entretien avec le cerveau P de l'*Astrée*, à qui il soumit la formule extorquée au Thort. Krest entra, comme le cerveau lui fournissait de précieux renseignements.

— Je savais, dit le Stellaire, que vous sauriez prendre la bonne voie.

— En existait-il une autre, Krest ? Le cerveau P est capable d'une forme de pensée quintidimensionnelle, tout comme vous et, dans une certaine mesure, comme moi, grâce aux leçons de l'indoctrinateur. Toutefois, je n'aurais jamais pu trouver la solution tout seul, si simple soit-elle, pourtant. Tout le système réside dans cette unique notion : « simultanés ». Le mot « pentagone » joue également un rôle. De leur combinaison jaillit une image logique.

— Ne vous y attendiez-vous pas ? La pensée quintidimensionnelle est logique !

— Pas dans notre univers, avoua Rhodan avec un sourire. Mais, pour être tout à fait franc, je suis un peu déçu. Cette crypte mystérieuse ne relève, après tout, que de nos quatre dimensions normales ; les documents qu'elle dissimule existent bel et bien... sur un autre plan temporel ! L'écran protecteur est assuré par un faisceau d'ondes radio modifiées, émises d'une lointaine planète, sorte de phare, ou d'émetteur stellaire. A cela, ajoutez quelques amusettes techniques comme la déviation des rayons lumineux. Tous ces obstacles s'élimineront d'eux-mêmes, lorsque nous aurons réuni certaines conditions « simultanées ».

— Et comment comptez-vous les réunir ?

Le ton de Krest, amusé, montrait bien qu'il connaissait, d'avance, la réponse.

— Grâce à mes mutants. Tanaka Teiko est un « détecteur », capable de capter et de comprendre les ondes, émises par n'importe quelle race ou créature intelligentes. De même, il décélera les ondes en provenance de la planète-phare, constituant l'écran protecteur de la crypte. S'il parvient à les détourner, nous aurons alors le libre accès aux documents qui, à la même seconde, cesseront d'exister sur un plan temporel différent du nôtre. Tel est le principe de l'affaire.

— Le principe, oui. Mais la réalisation pratique ?

— C'est là le point noir, je l'avoue. Le cerveau P m'a mis sur la voie ; il ne reste plus qu'à passer aux actes. Tanaka, à lui tout seul, ne suffirait pas à la tâche ; mais les facultés des mutants se multiplient, heureusement, par simple contact physique. L'équipe devra comprendre un télékinésiste et un téléporteur et, naturellement, Sengu, qui, le cas échéant, nous avertira de la disparition du barrage.

— Et que ferez-vous des plans ? demanda Thora, qui venait d'entrer.

— Cela le regarde, répondit Krest, en haussant les épaules. Pourquoi n'aurait-il pas le droit de construire des transmetteurs ? Et d'établir, peut-être, une liaison directe entre Arkonis et la Terre ? Qui sait quelles sont les possibilités qui s'ouvrent devant nous ?

— Thora, assura l'astronaute, n'ayez aucun souci. Le secret des transmetteurs est aussi le vôtre et je ne veux agir que pour notre plus grand bien à tous. Ne voulez-vous donc pas me faire confiance ?

— Je réserve mon opinion. Mais si Krest est d'ac-

cord, pourquoi m'interposerais-je ? Toutefois, souvenez-vous que je vous aurai mis en garde !

Et, sans attendre de commentaire, Thora quitta la
pièce.

Krest s'approcha du cerveau positronique.

— Nous pourrions l'interroger, proposa-t-il.

— Pour savoir si je suis digne de votre confiance ? Je
vous laisse ce soin, Krest... en dehors de ma présence.
Je ne voudrais pas que Thora puisse me reprocher un
jour d'avoir influencé les réponses du cerveau ! conclut-
il, non sans amertume.

Krest, pensif, ne répliqua point.

*

Une faible lumière éclairait la vaste salle.

Aux côtés de Rhodan se tenaient Bully, Tanaka
Seiko, Anne Sloane, Ras Tschubai et Ishy Matsu.

Tanaka semblait aux aguets.

— Oui, dit-il, au bout de quelques secondes, des
faisceaux d'ondes se concentrent ici. A hauteur du
plafond. Puis ils s'infléchissent en forme de cône, pour
former une barrière que je ne puis franchir. Il s'agit de
rayons cosmiques, qui seraient, à mon avis, identiques
au flux temporel.

— Et proviendraient donc bien de la quatrième
dimension, murmura l'astronaute. Pourriez-vous
dévier, ou même annihiler ces rayons ?

— Pour que le barrage s'effondre du même coup ?
Hum ! je ne sais pas au juste...

— Essayez ! Sengu reste en observation.

Le Japonais regarda la jeune fille.

— Bien. Ces rayons ne sont qu'une autre forme de la

matière. Si Anne parvient à percevoir ce que, moi, je perçois, je pense qu'elle n'aura qu'à mettre son pouvoir en action.

Devant les six Terriens, la cave restait vide, conservant encore son secret.

Tanaka saisit le bras d'Anne. La jeune fille se raidit, et ferma les yeux. Sengu poussa un cri de surprise.

— Là ! Une cassette ! Ah ! elle disparaît...

Rhodan tremblait d'excitation.

— Une cassette ?

— Une petite boîte scintillante. Elle flottait dans l'air, au milieu de la salle. Je ne l'ai vue que pendant une seconde.

— La preuve est faite, triompha l'astronaute. Nous touchons à la réussite ! Anne, Tanaka, faites une autre tentative. Concentrez-vous plus longtemps, cette fois. Ras bondira sur la cassette, dès que Sengu nous annoncera son apparition. Tout doit pouvoir être réglé en quelques secondes, au plus. Je me demande ce qu'il en adviendrait, si vous n'aviez pas, à vous deux, la force de poursuivre votre action à distance, une fois Ras entré dans la crypte.

Le visage de l'Africain devint gris. Sengu lui passa, rassurant, un bras autour des épaules.

— Ne me quittez pas des yeux. Je lèverai la main, lorsque la cassette sera visible. Je préfère ne pas dire un mot, pour ne pas troubler la concentration des deux autres. Compris ?

Ras hocha la tête.

— Je suis prêt, dit-il d'une voix sans timbre.

— Allez-y !

Tout d'abord, rien ne se produisit. Puis Rhodan remarqua comme un brasillement léger au milieu de la pièce ; des traits de clarté blême ondulaient et s'entre-croisaient. Et, soudain, il la vit ; une boîte, brillante comme l'or pur, et flottant dans le vide, à faible hauteur du sol, au centre d'un halo.

Sengu n'eut pas à donner le signal. Ras s'évapora pour reparaître auprès de la cassette, les mains tendues, et...

Anne, avec un gémissement, s'écroula.

Rhodan bondit, pour la retenir dans ses bras.

A la même seconde, Ras et la cassette disparurent.

— Anne, que vous arrive-t-il ?

Rhodan secouait la jeune fille comme une poupée de chiffons.

— Anne ! Répondez ! Anne...

La jeune fille battit des paupières et balbutia :

— C'était trop... Je ne pouvais plus...

— Vous pouvez, Anne ; vous devez essayer encore ! Où est Ras ? Ne l'abandonnez pas, vous m'entendez ? Tanaka, Anne, prêts ?

Rhodan soutenait la jeune fille, qui ferma de nouveau les yeux ; son visage prit la dureté d'un masque. Bully, un pas en arrière, restait immobile, osant à peine respirer.

Une mortelle seconde s'écoula ; puis, au cœur du brasillement, Ras apparut soudain, la cassette serrée sur sa poitrine. Il se téléporta près de Rhodan, qui déposa sans ménagement Anne évanouie dans les bras de Bull. M. le ministre de la Troisième Force s'affaira aussitôt à ranimer la télékinésiste.

L'astronaute prit la cassette.

— Il s'en est fallu de peu, Ras, dit-il, que cela ne tournât mal...

L'Africain s'efforça de sourire.

— Je ne recommencerais pas pour un empire. Ce furent les pires heures de toute mon existence !

— Heures ? Vous n'êtes resté que quelques secondes, au plus, dans la crypte !

Ras, sceptique, secoua la tête.

— Impossible ! Tout est devenu noir. J'ai eu l'impression de tomber dans un abîme. Je me cramponnais à la cassette. Mais personne ne tentait de me l'arracher. Il me semblait que c'était elle, au contraire, qui m'entraînait à travers l'éternité. Je sombrais dans le continuum. Comme une pierre. Plus vite que la pensée. La Galaxie devint une immense nébuleuse spirale, puis une simple tache lumineuse, parmi des millions d'autres. Moi-même, je plongeais vers un point brillant, qui grossissait sans cesse. On aurait dit une fenêtre ouverte sur... sur quoi ? L'éternité ? L'enfer ? Je l'ignore. Et, soudain, le processus s'est inversé : je regagnai la Voie lactée et cette cave. Je ne comprends pas ce qui m'est arrivé.

— Vous avez vécu là une prodigieuse aventure, Ras. Vous vous êtes trouvé pris dans le fleuve même du temps, qui vous emportait vers cet autre plan, dont l'intervention d'Anne et de Tanaka avait fait émerger la cassette. Leur seconde tentative vous a heureusement ramené dans notre continuum. C'est très simple, vous le voyez.

— Si simple, en effet, soupira Bull, perplexe, que je n'y ai rien compris. Mais peu importe. Nous avons la cassette. C'est le principal. Que vas-tu faire ?

— L'ouvrir, évidemment. Ou, du moins, essayer. Krest pourra m'aider. Anne, comment vous sentez-vous ?

La jeune fille s'arracha aux bras protecteurs de Reginald.

— Beaucoup mieux, merci.

— Bon. Nous rentrons à la base. Mais je vous demande, à tous, de tenir votre langue : il est inutile de mettre tout Ferrol au courant de notre succès.

Mais son avertissement venait trop tard. Le Thort entrait, drapé dans sa tunique prestigieusement brodée de toutes les couleurs. Il marcha vers l'astronaute et s'inclina devant lui.

— Je vous félicite, dit-il. Vous avez réussi, là où nous échouions depuis des millénaires.

— Ne prenez pas votre échec au tragique. Vous autres, Ferroliens, n'avez pas de mutants !

— Ni de Perry Rhodan non plus ! souligna Bully, avec la vanité d'un paon qui fait la roue.

*
* *

— Il n'existait aucune difficulté réelle, dit Rhodan, au milieu d'un silence attentif.

Il avait réuni ses amis au carré de l'*Astrée*, pour les mettre au courant du résultat de ses efforts. Deux jours avaient passé depuis l'ouverture de la crypte.

— Bien sûr, une certaine forme de pensée quintidimensionnelle était nécessaire pour résoudre l'énigme du mot clef en lui-même. Mais tout le reste se ramenait à un problème à quatre dimensions : venir à bout d'une « serrure » temporelle, fonctionnant selon des lois parfaitement explicables ! Mais je reconnais volontiers que, sans notre Milice, nous risquions fort de nous y casser les dents ! Les Galactiques, qui construisirent jadis les transmetteurs, voulaient s'assurer que leur invention ne serait accessible qu'à des créatures d'une haute intelligence, capables, de ce fait, de n'en point mésuser. Nous comptons, j'ose l'espérer, parmi ces créatures.

— Et comment !

Bull, après de louables efforts pour se tenir tranquille, donnait libre cours à son enthousiasme.

— Ouvrir la cassette, continua l'astronaute, fut un jeu d'enfant. Le cerveau P déchiffra une phrase code gravée sur le couvercle. Les plans étaient à nous.

— Et nous pouvons maintenant fabriquer de nouveaux transmetteurs ? demanda le Dr Haggard.

— Oui, autant qu'il nous plaira. Mais je crois que les temps ne sont pas encore mûrs. Plus tard, lorsque des liens d'amitié uniront toutes les planètes du Cosmos, les transmetteurs pourront, peu à peu, remplacer les astronefs. On appuiera sur un bouton et, hop ! on aura parcouru des milliers — des millions — d'années lumière. Mais ceci n'est qu'une utopie.

— Perry ! s'exclama Bull. Voilà cinq ans à peine, un voyage vers Mars nous apparaissait impensable. Et aujourd'hui ? La distance Véga-Sol n'est plus qu'un saut de puce ! Et tu oses employer le mot d'utopie ! Cela ferait rire un chat !

Rhodan, sans répondre, prit une mince serviette de cuir, posée près de sa chaise. Elle semblait lourde ; il la maniait avec précaution.

— J'ai ici, dit-il, une surprise pour Thora et pour Krest.

Il tira de la serviette plusieurs plaques de métal, extraordinairement minces.

— Lorsque le cerveau P me traduisit en clair les plans du transmetteur, je vis qu'il restait sept épures encore inexpliquées, au sujet desquelles il refusa de me fournir des renseignements. Mes ondes cérébrales, dit-il, n'étaient pas celles des « Maîtres de l'Univers », à qui ces dessins étaient destinés.

Les deux Stellaires vinrent examiner les plaques.

— Il s'agit, dit Krest en plissant le front, d'une langue qui fut en usage voilà plus de dix mille ans. Ce texte, de plus, est codé, de toute évidence. Qu'est-ce que cela peut être ?

— Un indice, suggéra Rhodan. Ou mieux : des coordonnées.

— De quoi ?

— De la planète de Jouvence, Krest.

— J'y songeais... Nous serons bientôt fixés. Nos ondes cérébrales sont celles de ces « Maîtres », les Arkonides.

Rhodan n'insista pas ; les deux Stellaires, le moment venu, le mettraient au courant... Il avait, pour l'heure présente, d'autres problèmes à résoudre.

— Manoli ?

L'ex-médecin de la première expédition lunaire se leva :

— Oui, commandant ?

— Eric, vous veillerez à faire envoyer à la Terre, par hyperondes, le message suivant, dont voici le texte en clair :

« Notre présence reste indispensable dans le système de Véga. Base de Véga VIII achevée. Traité d'alliance et de commerce bientôt signé avec les autochtones. Date de notre retour encore indéterminée. N'accusez pas réception de ce message. Tout va bien à bord. Stop et fin. »

Manoli remit son carnet dans sa poche et se leva.

— Je m'en occupe, commandant. Tout de suite.

— Parfait. Et vous, mes amis, je vous remercie de

votre attention, et vous quitte. Nous nous reverrons pour ces fêtes, que le Thort organise. Et...

— Et les Topsides ? explosa Bull. Qu'en fais-tu ?

— Si tu me laissais parler, pour une fois ? J'allais dire, justement, que nous nous occuperions des Topsides après les fêtes de la Victoire. Peut-être pourrons-nous trouver avec eux un terrain d'entente. Ce Chrekt-Orn me paraît un homme raisonnable.

— Un homme, ce lézard ?

— N'auras-tu donc jamais l'esprit galactique, Bull ? L'aspect d'un être importe peu. J'imagine d'ailleurs que, toi-même, tu n'as rien d'un Adonis aux yeux d'un Topside.

— Aux yeux d'un Terrien non plus, remarqua Anne Sloane, entre haut et bas.

Bully se retourna, comme piqué par une guêpe.

— Fille ingrate ! Est-ce là toute la reconnaissance dont vous êtes capable ? Dans la crypte du Palais-Rouge, vous sembliez pourtant bien aise de trouver mes genoux pour y appuyer votre tête ! A quoi pensez-vous donc ?

La question était de pure rhétorique. Seul, John Marshall, le télépathe, aurait pu y répondre ; il étouffa un sourire. Bull, incertain, en appela à Rhodan :

— Suis-je donc si laid ?

— Laid, toi ? Disons... exceptionnel.

Jugement dont Reginald se trouva pleinement rassuré.

DEUXIÈME PARTIE

CHAPITRE VI

Le grondement sourd de la manœuvre d'éjection les avait secoués comme un coup de tonnerre, physiquement et moralement.

Puis ils avaient branché le pilotage automatique des petits chasseurs de l'espace : le temps de la détente était venu pour les pilotes.

Ils se trouvaient en chute libre, à une vitesse voisine de celle de la lumière, fonçant au milieu d'un système planétaire éloigné, s'il fallait en croire les astronomes, de vingt-sept années lumière de leur planète natale.

Mais les trois pilotes n'étaient pas de ces hommes qui s'interrogent sur les fantaisies de la destinée, et le sens des ordres reçus. Puisque le commandant jugeait utile ce vol de reconnaissance, ils l'exécutaient donc. Tout était pour le mieux !

La C7, des soutes de laquelle avaient jailli les chasseurs de la patrouille, stationnait au large de Véga XXXVIII. Le sas restait ouvert, pour le retour des trois appareils. Il ne s'agissait pour eux que d'un exercice de routine, dont rien ne viendrait, normalement, rompre la banalité.

Le major Deringhouse commandait l'escadrille ; les sergents Roux et Calverman pilotaient les autres chasseurs ; chacun comptait plus de cinquante attaques à son actif, lancées contre des astronefs ennemis.

Ils étaient partis sans la moindre appréhension. Le danger, certes, les guettait dans les parages de la quarantième planète ; mais ils faisaient confiance à la rapidité foudroyante de leurs appareils, et à leurs canons radiants.

Sur leurs écrans, quatre des six lunes étaient bien visibles. La cinquième venait de disparaître derrière l'énorme masse rougeâtre de la planète.

Calverman, un Noir svelte, aux réactions infaillibles, fut pourtant le dernier à remarquer le péril. Le cri de Roux, retentissant dans le visiophone à transmission instantanée, l'atteignit trop tard : ses réacteurs n'étaient déjà plus qu'une fournaise de métal fondu, dans un déchaînement de rayons gamma.

Calverman vivait encore, recroquevillé dans l'étroit habitacle de la cabine de pilotage, emplie de gaz brûlants et de vapeur. Son casque, qu'il avait porté négligemment rejeté sur la nuque, s'était automatiquement refermé, avec un claquement sec, sous l'impulsion des compensateurs de pression automatiques. Le spatiandre de pilote était maintenant hermétiquement clos ; trop tard. Calverman était mortellement atteint, comme son appareil, qui dérivait vers la gigantesque planète, dont ses réacteurs n'équilibraient plus l'attraction.

Le pilotage automatique ne fonctionnait plus, ni les climatiseurs ni les blocs-propulsion de secours. Le visiophone, seul, alimenté par piles indépendantes, avait résisté à la catastrophe.

Quelques minutes après que la décharge radiante eut frappé le chasseur, il y avait encore, dans l'habitacle, une chaleur de 3 218 degrés. Sans la protection de son

spatiandre, Calverman n'aurait plus été que cendres...
Dans le vide glacé de l'espace, la carlingue incandescente se refroidissait vite. L'astronef dérivait toujours.

Deringhouse et Roux, de leur côté, luttaient désespérément pour leur vie. Ils conservaient leurs chances de se tirer de cet enfer, leurs appareils ayant la double supériorité d'être plus rapides et maniables que ceux de l'ennemi. Mais il leur fallait éviter ce qui avait été le malheur de Calverman : un coup bien dirigé, lancé par les canons désintégrateurs d'une escadre topside, brusquement surgie de l'hyperespace.

Les rayons blêmes se croisaient, comme une mortelle toile d'araignée, autour des deux chasseurs. Ces appareils, profilés en torpille, sacrifiaient tout à la vitesse et à la puissance de leur armement. Embarqués dans les soutes d'astronefs plus lourds, on les employait — frelons du Cosmos — pour des escarmouches ou de brèves reconnaissances.

Partout, dans tous les azimuts, l'espace grouillait d'unités topsides : une armada entière venait de faire surface, et les trois Terriens, par un affreux hasard, s'étaient justement trouvés au point d'émersion.

Deringhouse vit un trait de feu, une fois de plus, prêt à l'atteindre. Les lézards, songea-t-il amèrement, se révélaient d'excellents artilleurs. Il ne pouvait, pour y échapper, que changer de cap, ses réacteurs à plein régime...

Roux volait à mille kilomètres derrière son chef, fuyant, en zigzag, le gros de l'escadre. Les Topsides, groupés en bon ordre, ne semblaient guère se préoccuper des pertes subies : les Terriens avaient eu le temps, une fois passée la première surprise, de placer quelques coups au but. Comme l'appareil de Calverman, trois

croiseurs topsides, démantelés, dérivaient en direction
de la quarantième planète, soumis à l'énorme force
d'attraction.

Sur les écrans d'observation visuelle, les navires
ennemis n'apparaissaient que lorsque s'embrasaient
leurs tourelles.

— Cap sur Véga ! ordonna Deringhouse.

Un appel de Roux, résonnant dans les microphones,
l'interrompit. Long squale gris, un navire topside venait
de jaillir du néant, dangereusement proche. Conrad,
une fois de plus, vira de bord ; le bruit de ses réacteurs
surmenés atteignait à l'aigu : ils ne pourraient longtemps encore supporter une telle surtension.

Les calculatrices travaillaient incroyablement vite,
enregistrant les coordonnées de l'ennemi. Une lampe
verte s'alluma. Deringhouse, criant de rage, abattit le
poing sur le tableau de tir. Le chasseur vibra de toute sa
membrure, tandis que le canon radiant (beaucoup trop
puissant, d'ailleurs, pour une unité si légère) lançait un
flux d'énergie mortel vers le croiseur qui se trouvait à
trente mille kilomètres, une distance infime, dans l'espace.

La silhouette fusiforme de l'adversaire s'illumina
soudain, pour éclater en un nuage de phosphorescence
violette, zébré d'éclairs, gonflé de remous.

Roux, lui aussi, hurlait : des mots sans suite, explosion de joie de qui, ayant vu la mort de trop près,
découvre tout à coup une voie de salut.

Deringhouse et lui fonçaient à la limite de la nuée
violette, secoués par un ouragan d'énergie déchaînée,
dont leurs écrans protecteurs neutralisaient à peine la
violence. Devant eux, l'espace était libre. Par ce coup
au but — miracle de la onzième heure — ils avaient

forcé le passage ; maintenant, ils pouvaient espérer fuir avec quelque chance de succès, leur vitesse compensant la supériorité numérique de l'ennemi.

A tribord, la masse rougeâtre de Véga XL étincelait.

— Calverman ! appela Deringhouse. Calverman ? Nous décrochons. Calverman ? Répondez !

Dans la cabine du chasseur à la dérive, les mots, amplifiés par les microphones, tirèrent le pilote de son évanouissement. Il râla, et les deux Terriens entendirent son râle. En même temps, sur les écrans des visiophones, le visage du Noir apparaissait.

Deringhouse étouffa une exclamation d'horreur. L'image, en couleur et trois dimensions, était affreusement nette.

Les traits de Calverman étaient crispés de souffrance ; sa peau d'ébène avait viré au gris, marbrée de traînées et de taches rouges.

— Décompression explosive, parvint-il à murmurer. Je n'avais pas mon casque ; il s'est rabattu trop tard. J'ai les poumons en loques. Rien à faire pour moi. Prenez le large, vite.

Les dernières paroles s'entendaient à peine ; Calverman s'affaissa sur le tableau de commande.

— Calv ! Vous allez atteindre les hautes couches atmosphériques. Votre vitesse est trop faible pour vous mettre en orbite. Vos réacteurs ?

Calverman releva la tête, et rit. Un rire rauque, atroce.

— Filez ! Mes amitiés au commandant. Sur la Lune Trois, les lézards ont établi une petite base ; je l'ai aperçue distinctement... Ne vous avisez pas de venir me repêcher : avant que vous n'arriviez, je serai déjà en bas. Filez.

— Roux, ordonna Deringhouse, ralliez la C7. Moi, je vais le chercher. J'arriverai bien à l'embarquer. Je...

Un choc terrible l'interrompit, le rejetant contre le dossier de son siège pneumatique. Le hurlement des réacteurs (l'appareil atteignait aux trois quarts de la vitesse photonique) s'enfla en tempête, et, dans un sourd grondement, s'éteignit.

Deringhouse perçut le bourdonnement des compensateurs de pression ; le chasseur tournoyait sur lui-même, comme une toupie folle ; sur les écrans, les étoiles semblaient un vol de météores.

Un halo rouge baignait la cabine ; Conrad s'imagina sentir l'effroyable vague de chaleur ; son spatiandre, il le savait pourtant, supportait sans faiblir une température de cinq mille degrés. Tout venait, pour lui, de se passer comme pour Calverman, juste lorsqu'il allait tenter de le sauver. Mais il avait eu plus de chance : il n'avait pas souffert de la décompression.

Bien que la décharge radiante ne l'eût, probablement, qu'effleuré, son chasseur n'en était pas moins devenu, en une seconde, une épave, traînant dans son sillage un halo de particules incandescentes.

— Deringhouse ?

Le sergent, interrompant net sa manœuvre d'accélération, avait jugulé sa vitesse, pour s'aligner sur l'appareil de son chef, qui tombait maintenant en chute libre.

— Tout va bien, haleta Conrad. Est-ce qu'ils tirent encore ?

— Non. Mais votre machine tourne comme un toton. Tâchez d'enclencher les stabilisateurs. Je vais vous accoster, et vous sortir de là.

Deringhouse réunit ses dernières forces, et appuya

sur une manette ; les étoiles cessèrent leur ronde insensée.

— Et Calverman ? demanda-t-il.

Roux, tout à sa difficile manœuvre d'approche, ne répondit même pas à la question, que tous deux savaient inutile. Personne ne pouvait plus rien pour Calverman.

Conrad gémit. La chaleur, qu'il croyait seulement sentir tout à l'heure, montait, montait encore... Il sombra dans le néant.

CHAPITRE VII

Ils se trouvaient dans la salle du conseil, au Palais-Rouge. Le Thort avait réuni ses ministres, et Rhodan, qu'accompagnaient Bull et Marshall, était bien décidé à obtenir enfin la signature des accords qui lui tenaient à cœur.

La discussion, âpre sous une apparente courtoisie, se poursuivait depuis déjà longtemps.

— Notre présence, et surtout cette base qu'ils nous ont accordée, leur portent ombrage, signala mentalement Marshall. Ils redoutent de nous voir nous implanter sur leur sol.

— Attendons, répondit l'astronaute de la même manière. Ils finiront bien par comprendre où est leur intérêt. Toujours rien de la C 7 ?

L'Australien secoua la tête. Non, il n'avait reçu aucun message des autres mutants. La chaloupe, en reconnaissance au large des Six Lunes, sous le commandement du major Nyssen, n'était pas encore revenue. Rhodan en éprouvait une vague inquiétude.

Bull, que les dérobades des Ferroliens impatientaient (« cet absurde maquignonnage ! » songeait-il), toussa bruyamment. Il n'oubliait que trop volontiers la dignité qu'exigeait son titre de ministre.

— Vont-ils se décider enfin ? grogna-t-il, en lançant un regard venimeux au Thort.

Le souverain parut remarquer l'impatience croissante des Terriens ; sa petite bouche se serra.

— Sire, insista Rhodan, on m'attend à mon bord. Ne pourriez-vous hâter la conclusion de ces pourparlers ? Tout est pourtant clair, il me semble ?

— Ne me bousculez pas ! pria le Thort. Ce traité ne manquera pas d'entraîner d'importantes modifications dans notre existence publique et privée. Cela demande réflexion. Nos industries ont été très atteintes par l'occupation ; les usines ne reprennent que lentement le travail. Pour assurer notre équilibre économique compromis, vaut-il mieux établir les relations commerciales avec vous sous le contrôle de l'Etat, ou pouvons-nous admettre un libre-échange des marchandises ?

Rhodan soupira, soulagé. Le Thort acceptait donc le principe d'une collaboration ; les détails, d'ordre interne, ne regardaient plus que les Ferroliens. Qu'il en discute à loisir avec ses conseillers.

— Soit. Un délai sera le bienvenu, Sire. Votre soleil est infiniment plus chaud que le nôtre, permettez-nous de nous retirer, pour passer les heures de sieste à l'abri, dans notre navire. Votre planète, continua-t-il en souriant, ne nous est guère hospitalière : la gravité y est, d'un quart, supérieure à celle de Sol III. Ce qui, joint à la chaleur, nous épuise vite !

Le Thort se leva aussitôt. Lossoshér s'inquiéta avec une sollicitude sincère de la santé des Terriens.

— Nous vous ferons, promit le Thort, tenir au courant par Chaktor, l'officier de liaison, de l'issue des débats ; avant ce soir.

— Ces questions d'économie intérieure restent, natu-

rellement, de votre seul ressort. Mais puis-je m'informer de l'état actuel de votre astromarine ? Avez-vous
réparé les nefs endommagées ? Les rapports de mes
observateurs sont assez inquiétants : une nouvelle attaque des Topsides n'est pas exclue !

Le visage du Thort s'assombrit.

— Les industries de nos trois planètes mettent tout
en œuvre pour nous réarmer au plus vite.

— Tout est donc pour le mieux. Souffrez maintenant
que nous prenions congé.

Les Terriens saluèrent cérémonieusement. Le Thort,
après leur départ, resta pensif. Il eût donné beaucoup
pour savoir d'où venaient réellement ces étrangers, qui
se prétendaient Arkonides...

Au bout d'un labyrinthe de couloirs, ils se retrouvè-
rent sur la Grande-Place, à l'air libre, un air qui
brasillait, sous les féroces rayons de Véga, boule de
flamme au zénith d'un ciel sans nuages. Rhodan cligna
des yeux. La température devait bien atteindre, déjà,
quarante-sept degrés à l'ombre.

— Quel climat ! haleta Bull. Dans une heure, le
thermomètre aura grimpé à cinquante-trois degrés, au
moins ! Et la pesanteur, par là-dessus ! Je me sens
comme en plomb !

Les Terriens s'avancèrent vers un planeur, qui les
ramènerait au spatioport ; un sourd grondement les
immobilisa. Le regard de Marshall devint fixe ; il
recevait sans doute un message télépathique.

Le grondement s'enfla comme un tonnerre ; on eût pu
croire à la chute d'un météore, s'abattant sur la ville.

L'astronef brisa son erre avec une précision qui
semblait relever du miracle et prouvait, simplement, la
maîtrise technique des Arkonides.

— Que le diable me patafiole si ce n'est pas Nyssen !
N'apprendra-t-il donc jamais à atterrir raisonnablement ? s'exclama Bull.

— Et toi ? N'as-tu jamais fait pire ?

— Si. Mais uniquement en cas de force majeure, se
défendit Reginald. Eh ! Marshall, que se passe-t-il ?

Le mutant était blême.

— Deringhouse... Brûlures graves... Nyssen le
ramène. Il a pris le risque de passer par l'hyperespace
pour revenir plus vite des Six Lunes. L'enfer est
déchaîné, là-bas.

Sans répondre, Rhodan courut vers le planeur ; les
deux autres le suivirent. C'était un appareil ferrolien,
décollant à la verticale, alimenté par de minuscules
batteries atomiques ; les Végans étaient d'une incroyable habileté dans l'art de la microminiaturisation : ce
n'est pas pour rien que Rhodan s'efforçait de conclure
avec eux un traité de commerce !

Le planeur rasait les toits de la ville ; il n'était pas,
pour un Terrien, facile à piloter, car il ne comportait pas
de commandes manuelles, mais une sorte de double
palonnier, qu'il fallait manœuvrer avec les pieds.

Ils survolèrent la première tour de contrôle du
spatioport, et se firent reconnaître. Si les hommes, sur
Terre, se montraient volontiers pointilleux quant à la
surveillance des terrains militaires, les Végans, eux,
élevaient ce souci à la hauteur d'un sacerdoce ! On
n'entrait nulle part sans montrer patte blanche.

Depuis cinq jours ferroliens, Rhodan avait fait ramener sur le spatioport, au nord de Thorta, l'*Astrée* dont la
masse écrasait l'horizon.

L'*Astrée II* était le prodigieux symbole d'un peuple
qui, jadis, avait conquis la Galaxie presque entière,

pour y imposer — même par la force — la paix et la
civilisation. Pour cela, Arkonis avait construit ces croiseurs de bataille de la « Classe Impériale ». Rien
n'aurait pu vaincre ces géants du Cosmos, capables, en
se jouant, d'anéantir des mondes.

Rhodan chercha du regard la C 7. Alors que la
chaloupe, piquant vers la capitale, lui avait paru gigantesque, maintenant, posée devant l'*Astrée,* elle reprenait, malgré ses soixante mètres de diamètre, ses
proportions réelles : celles d'un canot de sauvetage
auprès d'un croiseur-cuirassé !

Le planeur atterrit. Il fallait rejeter la tête en arrière
pour embrasser dans son ensemble la sphère énorme de
l'astronef : une alpe d'acier bleuâtre, équipée de machines d'une inconcevable puissance.

Rhodan, un jour qu'il était en veine de chiffres, avait
estimé qu'un tel navire pourrait coûter la bagatelle de
cent milliards de dollars : plus que toutes les marines et
les aviations réunies de deux guerres mondiales...

Le sas de la C 7 était ouvert. Des hommes en
sortaient, portant avec précaution un brancard où
reposait un blessé ; d'autres, en groupe, discutaient.
Tous semblaient nerveux.

Le major Nyssen, de petite taille et sec comme un
sarment, s'approcha. Il salua, puis, d'un geste hâtif,
s'empara de la cigarette que lui tendait l'astronaute ; il
paraissait avoir plus que besoin de cette brève détente.

De Rhodan émanait une aura de calme bienfaisante.

— Nous sommes tombés en plein guêpier, commandant, dit enfin Nyssen. Et nos chasseurs n'ont pas été de
force. Calverman est mort. C'était l'un de mes meilleurs
hommes.

Rhodan devinait tout le prix de cette oraison funèbre.

— Les lézards, continua le major avec une colère froide, se sont retranchés sur les Six Lunes. Ils travaillent fiévreusement à faire, de la plus grande d'entre elles, une forteresse cosmique ; les cinq autres serviront sans doute de bastions de défense avancés, avec une garnison petite, mais bien organisée. Une escadre de secours, apportant du matériel et du ravitaillement, vient d'arriver. Deringhouse, Roux et Calverman, que j'avais envoyés en reconnaissance, ont eu la malchance de se trouver juste au point d'émersion des navires. Calverman a été descendu. Deringhouse était en difficulté ; Roux l'a pris à son bord. Puis il a rallié la C 7. Et nous voici. C'est tout, commandant. Nous vous rapportons de bonnes photos des positions topsides.

C'était un bref rapport, pour un événement d'importance. Mais Nyssen n'avait pas l'habitude de gaspiller ses mots et le temps de ses interlocuteurs.

— Et Deringhouse ? demanda Rhodan. S'en tirera-t-il ?

Nyssen, d'un geste las, ouvrit les mains. Sa cigarette tomba sur le sol ; il l'écrasa du talon.

— Un rayon thermique a frappé son appareil. Nous devrions renforcer les écrans d'énergie de nos chasseurs ; ils sont insuffisants. La preuve... Deringhouse est gravement brûlé.

— Haggard fera pour le mieux. Maintenant, reposez-vous, Nyssen, vous et vos hommes. Une autre équipe s'occupera de ramener la C 7 dans la soute.

Il s'éloigna, dans le va-et-vient des robots arkonides qui s'affairaient à transporter les photos et les films ramenés par la chaloupe, plongeant dans la fluorescence des champs antigravitiques qui les menaient, en une ascension sans heurt, à l'intérieur de l'*Astrée*.

Debout près de Nyssen, Roux contemplait l'astronef.

— J'aimerais bien le voir un jour en pleine bataille, dit-il. Avez-vous déjà des nouvelles de Conrad ?

— Non, rien encore. Quant à votre souhait je pense qu'il pourrait bien se réaliser sans tarder. Ces maudits lézards n'ont pas fini de nous donner du fil à retordre. A moins que le Pacha ne préfère utiliser ses mutants. Sinon...

Nyssen n'acheva pas sa phrase.

* *

Le blessé, sans connaissance, reposait dans un bac empli d'un sérum laiteux : un puissant régénérateur cellulaire. Prêts à intervenir à la moindre défaillance, des robots contrôlaient sans cesse le rythme de son cœur et de sa respiration.

Les deux médecins du bord, Haggard et Manoli, n'osaient encore se prononcer.

— Je crois qu'il s'en tirera, commandant, avait dit l'Australien. Mais il a besoin d'un repos absolu ; ne tentez pas de l'interroger. Je l'ai plongé pour douze heures dans un sommeil artificiel ; les brûlures au troisième degré font mal, vous savez.

Rhodan s'attarda dans l'infirmerie. Les deux médecins l'avaient quittée ; les robots, attentifs, veillaient auprès du bac où dormait cet homme qui avait traversé l'enfer de Véga.

Bien qu'encerclé soudain par une flotte adverse, il n'en avait pas moins tenté, avec une incroyable audace, de mener à bien la mission reçue : photographier les bases topsides des Six Lunes.

Rhodan serra les lèvres ; Bull, debout derrière lui, devinait les sentiments de son chef.

— Le pauvre gars, murmura-t-il. Nous devrions bien, à l'avenir, faire ce qu'il faut pour éviter de tels pépins !

L'astronaute se retourna ; son regard croisa celui de son ami. Ils se connaissaient de longue date, pour avoir partagé le dur entraînement des forces spatiales américaines. Quatre ans plus tôt, ils avaient été les premiers à débarquer sur la Lune. Leur confiance réciproque ne s'était jamais démentie.

— J'y veillerai. (La voix de l'astronaute était rauque.) Pour l'instant, nous ne pouvons plus rien. Partons. Dans notre malheur, Deringhouse a tout de même eu de la chance — heureusement pour moi.

— Que veux-tu dire ?

— Il y a des gens qui ont une conscience. Je suis de ces gens. Pour l'amour du ciel, ne va pas t'imaginer que je prends à la légère la mort de Calverman : simple matériel humain à passer aux profits et pertes ! Non, elle n'était ni indispensable ni inévitable : peut-être n'aurais-je pas dû donner l'ordre d'exécuter ces patrouilles journalières dans les parages des Six Lunes ? Qui sait ? Ah ! laisse…

D'un geste, il coupa court à la protestation de Bully.

— Thora et Krest t'attendent dans la petite salle des calculatrices, lui rappela Reginald, après un silence.

Tous deux jetèrent un dernier regard au blessé et quittèrent l'infirmerie sur la pointe des pieds.

Devant eux, s'ouvrait un labyrinthe de coursives, rayonnant à partir d'un puits central où des ascenseurs anti-G reliaient les différents étages L'*Astrée* était comme une ville, avec ses boulevards et le lacis de ses ruelles.

Des trottoirs roulants les menèrent aux ascenseurs. Ceux-ci montaient ou descendaient, car, à bord du croiseur, fût-ce même en chute libre, il y avait toujours un haut et un bas ; les champs gravitatifs entraient automatiquement en action.

Dans la cage aux parois lisses, ils franchirent les trois cents mètres qui les séparaient du niveau du poste central : une sphère blindée d'acier d'Arkonis — le cœur même du navire.

Les Stellaires étaient d'admirables armateurs — ou, plutôt, ils l'avaient été. Car l'*Astrée*, comme tous les vaisseaux de la « Classe Impériale », avait été construite bien des siècles auparavant. Puis les Arkonides, délaissant peu à peu leur programme d'armement spatial, s'étaient abandonnés aux délices d'une civilisation toujours plus raffinée, toujours plus décadente. Le Grand Empire, qui dictait jadis ses lois à la Galaxie presque entière, devenait un colosse aux pieds d'argile ; partout, des planètes dissidentes réclamaient leur indépendance, ou tentaient de la conquérir par les armes. Les Arkonides, affaiblis, indifférents, ne cherchaient même plus à mater ces révoltes... La fin approchait.

Deux robots de garde, encadrant la lourde porte d'acier, saluèrent. Rhodan, tout à ses pensées, ne leur prêta pas la moindre attention. Il pénétra dans une salle ovale, où se trouvait le tableau de contrôle, à demi positronique, des calculatrices de réserve. Krest et Thora l'attendaient.

La froide arrogance de la commandante ne surprit pas Rhodan ; elle lui était habituelle. Mais il s'étonna de l'attitude de Krest, dont il se flattait pourtant d'avoir gagné l'amitié ; la gravité du savant ne lui disait rien qui vaille. Il renonça à toute diplomatie.

— Bull m'apprend que vous vouliez me parler ? J'ai cinq minutes à vous accorder. De quoi s'agit-il ?

— Barbare !

Thora n'avait pas retenu cette exclamation de mépris. Ses narines frémissaient ; dans ses yeux d'ambre, la haine, de nouveau, remplaçait l'expression plus douce — fugitive tendresse ? — que l'astronaute, parfois, croyait y lire.

— Merci. Mais ce sont les barbares, justement, avec leurs forces neuves, qui prennent la relève des empires défaillants. Ne pouvez-vous enfin l'admettre, Thora ?

Krest gardait le silence.

— Avez-vous donc oublié nos conventions ? attaqua la commandante.

— Certes non. Mais il ne m'est pas possible de m'y tenir. Pas encore.

La jeune femme tressaillit, comme s'il l'avait frappée. Bull se permit un sourire, qui se figea, sous le regard glacé de l'astronaute.

— Ce sont mes hommes, je vous le rappelle, dit Rhodan, qui ont reconquis ce croiseur. Il m'appartient donc. A moi seul. Et je n'ai pas la moindre intention de quitter Véga, pour vous ramener tous deux à Arkonis.

— C'est pourtant notre droit, notre bon droit, de l'exiger !

— Je refuse. (La voix de Rhodan tranchait comme une lame.) Car il y va du salut de la Terre. Notre planète n'est qu'à vingt-sept années de lumière d'ici ; les Topsides peuvent la découvrir d'un instant à l'autre. Ils se sont bien rendu compte de leur erreur : Véga n'était pas le but à atteindre. Obstinés, ils chercheront ailleurs… et trouveront. Je dois l'interdire à tout prix.

— Ramenez-nous à Arkonis, intervint Krest, doucement. Je renonce à ma mission de découvrir la planète de Jouvence : une utopie, je le crains ! Ramenez-nous là-bas, et vous disposerez de toute l'aide du Grand Empire, je m'en porte garant.

— Je regrette, Krest. Je ne vais pas risquer le seul navire dont je dispose dans une zone de la Galaxie où les pires combats font rage. Les races les plus diverses, vous le savez comme moi, ne sont pas seulement en lutte ouverte contre l'Empire, mais aussi s'entre-déchirent. Tant que notre humanité ne sera pas assez forte, assez unie, pour faire face à une telle situation, je veillerai à garder secrètes les coordonnées spatiales de la Terre. Pour cela, j'ai à chasser les Topsides de Véga. C'est là mon objectif N° Un, et je n'ai pas de temps à perdre à des bagatelles : vous rapatrier en serait une !

— Le sort de votre précieuse humanité en est une autre, au regard de la Galaxie ! jeta Thora.

— Affaire de point de vue. (Un pli profond se creusait entre les sourcils de Rhodan.) Krest, soyez raisonnable pour deux. Vous êtes un savant, que diable ! un sage ! Laissez-nous bouter les lézards hors de ces parages. Ensuite, nous aviserons.

— Thora n'a pas tout à fait tort, dit le Stellaire, amèrement. Vous réagissez en barbare assoiffé de combat. J'apprécie les Terriens et certaines de leurs qualités ; j'ai même caressé le rêve de les voir devenir, un jour, les héritiers des Arkonides. Mais vous voulez aller trop vite : les hommes — il s'en faut ! — ne sont pas mûrs encore pour réussir dans cette tâche. Vous faites fausse route, Rhodan !

— Et vous, vous n'êtes pas au bout de vos surprises, Krest ! Ne nous confondez pas avec votre race d'esthètes exsangues ! La Terre et les Terriens deviendront bientôt l'ossature même d'un nouvel empire. Alors, rien ne s'opposera plus à votre retour sur Arkonis. D'ici là, prenez votre mal en patience. Souvenez-vous, d'ailleurs que, sans notre aide, vous seriez, tous les deux, morts depuis longtemps !

Il regarda ostensiblement sa montre.

— Et maintenant, excusez-moi. Les cinq minutes sont écoulées.

L'astronaute quitta la pièce, Bully sur ses talons.

— Etait-ce bien indispensable ? s'informa Reginald, prudemment, comme ils entraient dans l'ascenseur. (Rhodan gardait le silence.) Je ne crois pas qu'il soit de bonne politique, continua-t-il, de rappeler aux gens les bienfaits passés. Des bienfaits réciproques : sans les Arkonides, nous en serions encore à nous extasier sur nos fusées lunaires !

Le visage de l'astronaute s'assombrit. Bull avait raison, il le savait mieux que personne. Mais la fin, une fois de plus, justifiait les moyens.

— Tant pis ! Nous nous sommes crus longtemps le centre de l'univers. Aujourd'hui, nous découvrons l'existence d'autres races, animées du pire esprit de conquête. Elles commencent à s'intéresser à la Terre, de beaucoup trop près pour mon goût. Je veux protéger notre planète de ces envahisseurs, fût-ce même aux dépens de l'Empire — un Empire promis à une chute prochaine, avec ou sans mon intervention. Les désirs et l'amour-propre blessé de deux Stellaires ne peuvent entrer en ligne de compte dans mes projets. As-tu encore d'autres objections ?

Reginald en avait. Mais il préféra les garder pour lui.

— Occupe-toi de la C 7, continua l'astronaute qui, sortant de l'ascenseur, se dirigeait vers le quartier des officiers.

Il s'arrêta devant la porte de sa chambre, gardée par des robots.

— J'ai du travail. Dis-moi, avons-nous un coiffeur, à bord ? Quelqu'un capable de fabriquer des perruques ?

Bully en resta pantois. Un coiffeur ? Le commandant était-il fou ?

— Tu dois avoir pris un mauvais coup de soleil ; tu ferais mieux de te reposer un peu. Je vais chercher le docteur...

Rhodan éclata de rire, ce qui ne lui était pas arrivé depuis longtemps. Bull devint brusquement attentif.

— Toi, tu mijotes encore un tour de ta façon, soupira-t-il.

— Peut-être. Je t'ai demandé si l'équipage comptait un posticheur ?

— Certainement pas. Que ferait un artiste capillaire parmi trois cents techniciens hautement spécialisés ?

— N'en parlons plus. Tant pis.

Un grondement sourd troubla le silence. Dans le secteur F, l'un des groupes électrogènes entrait en action, rétablissant autour de l'Astrée l'infrangible coupole d'énergie, ce champ protecteur dont le printemps et l'existence ne cessaient de stupéfier les Ferroliens. On pouvait voir, sur un écran mural, que la C 7, la chaloupe revenue des Six Lunes, avait réintégré les soutes de l'astronef.

Rhodan écouta, appréciateur, le bourdonnement, maintenant assourdi, des machines, à deux cents mètres plus bas, dans la salle B.

La coupole isolait hermétiquement le navire du monde extérieur.

— Nous nous reverrons au carré, Bully.

Le commandant disparut dans sa chambre ; Reginald demeura planté devant la porte. Les deux robots l'ignorèrent : ils avaient depuis longtemps mesuré ses ondes cérébrales, et le jugeaient inoffensif.

Il finit par s'éloigner, grommelant des malédictions. Il n'y comprenait plus rien. Une armada topside émergeait au large des Six Lunes, où les lézards se fortifiaient ; un pilote était mort, un autre gravement blessé. Et que faisait le commandant ? Il réclamait un coiffeur !

C'en était trop pour Reginald qui, pour passer sa rage, insulta un innocent robot, qui ne se rangeait pas assez vite en le croisant dans la coursive.

Plus loin, il aperçut le major Nyssen qui se dirigeait vers sa chambre et le salua de la main. A bord du croiseur, les périodes de repos étaient sévèrement réglementées : sauf les sentinelles, tout l'équipage devait dormir à heures fixes, tant la chaleur et la gravitation de Ferrol épuisaient vite les forces des Terriens.

Au-dessus du spatioport, dans le ciel sans nuages, les nefs véganes, en forme d'œuf, évoluaient. Les navires de ce type s'étaient révélés cruellement vulnérables aux coups des Topsides...

Bull haussa les épaules : il renonçait à comprendre. Rhodan, après tout, devait savoir ce qu'il faisait...

La chambre était vaste, avec un grand tableau de commande et d'innombrables écrans qui lui donnaient une apparence de poste central en miniature. Les appareils, pour l'instant, étaient en veilleuse ; une lampe-signal, seule, brillait encore d'un éclat vert et doux.

Perry Rhodan s'était laissé tomber sur sa couchette ; il éprouvait désespérément le besoin de quelques instants de calme et de repos. Mais, avant de s'accorder, comme tout l'équipage, une sieste bien gagnée, il lui fallait régler une dernière question. Avec un soupir, il se leva et ouvrit un coffre-fort mural. Il en tira un minuscule émetteur-récepteur, de fabrication ferrolienne ; sur le chapitre de la microtechnique, les Végans se révélaient souvent supérieurs même aux Arkonides.

Le poste, gros comme le poing, ronronna ; des lignes de couleur zébrèrent l'écran ; au bout de quelques secondes, l'image, que troublait un habile système de brouillage, devint nette. Chaktor, qui attendait l'appel de Rhodan, venait de synchroniser l'émission. Malgré les proportions extrêmement réduites de l'écran, son visage était parfaitement reconnaissable, avec ses yeux enfoncés dans l'orbite qui dissimulait le regard. Les insignes de son grade brillaient au col de son uniforme gris d'officier de l'Astromarine.

— Commandant ?

— Votre brouillage fonctionne-t-il, Chaktor ?

— Sans défaillance. Mais ne parlons pas trop longtemps, cela vaut mieux. Que puis-je faire pour vous ?

— Je voudrais vous voir, sans tarder.

— A votre bord ?

— Préférez-vous ailleurs ?

Le Végan, qui était l'officier de liaison entre les Terriens et le Thort, réfléchit un instant, soucieux.

— Oui. Comme la dernière fois : même endroit, même heure. Aujourd'hui ?

— D'accord. Ah ! Encore un détail : avez-vous, dans vos services secrets, quelqu'un qui serait capable de me fabriquer cinq perruques ?

— Cinq… quoi ?

— Des postiches. De faux cheveux. Comprenez-vous ? Je parle très sérieusement. Je vais vous expliquer…

Quelques minutes plus tard, l'astronaute remettait le poste dans le coffre-fort. Ensuite, avec un soupir d'aise, il s'étendit sur sa couchette et s'endormit.

Ils portaient de longs vêtements à capuchon, bariolés des couleurs violentes chères aux Sichas des montagnes. Bull, large d'épaules et court de taille, pouvait, sans trop de mal, passer pour un autochtone. Il n'en allait pas de même pour Rhodan.

Depuis la fuite des Topsides, le mécontentement grondait parmi la population ferrolienne. Certains milieux ne voyaient pas d'un bon œil l'alliance conclue avec les Terriens. On leur devait de la reconnaissance, certes : mais les affaires n'en restaient pas moins les affaires ! Le Thort se montrait trop faible, ou trop généreux. Pourquoi cette zone franche, accordée à la légère ? La présence, même pacifique, de ces étrangers sur Ferrol ressemblait furieusement à une occupation !

Des personnages haut placés à la cour attisaient la querelle. Les esprits s'échauffaient, d'autant que la signature définitive du traité se faisait plus proche. La télévision végane, dont la station de Thorta centralisait les émissions, avait accordé une très large place à des échanges de vues, souvent tumultueux, entre les fidèles du gouvernement et les membres de l'opposition. Il appartiendrait au Thort de décider en dernier ressort.

Reginald Bull, suivant avec passion le développement des événements, se faisait un sang d'encre. Ses craintes redoublèrent lorsque Rhodan, en personne, prononça un discours, diffusé sur tous les écrans des trois planètes habitées par les Ferroliens : il y rappelait, sans ménagement, les services rendus par lui dans la lutte contre les Topsides. C'était jeter de l'huile sur le feu…

Bull tenait ce discours pour la plus grosse faute commise depuis la création de la Troisième Force. Mais Rhodan s'était contenté de rire, en balayant d'un geste désinvolte les mises en garde de son ministre.

Les deux lunes de la planète avaient disparu derrière un banc de nuages. Un coup de vent balaya les rues, prélude à l'un de ces ouragans, si fréquents sur un monde de climat extrême. Dès le crépuscule, un froid vif régnait, succédant à la chaleur diurne.

Les Terriens se trouvaient dans un quartier mal famé de la ville, à la limite des faubourgs et du spatioport ; les passants se hâtaient, cherchant refuge contre la tempête dans les nombreuses auberges du voisinage, presque toutes construites, selon la coutume végane, en sous-sol.

Rhodan frissonna dans le vent glacé ; Marshall, près de lui, demeurait aux aguets, épiant les ténèbres.

— Arrive-t-il ? Je ne voudrais pas m'éterniser ici : la faune locale n'a rien d'engageant !

— La réciproque est vraie, répliqua l'Australien en riant. Un passant vient de faire un détour, se disant qu'il était préférable d'éviter notre groupe : il nous prenait pour des Sichas !

Bully jura entre ses dents ; son poing se crispa sur le radiant, que cachaient mal les plis de son manteau.

— Ce Chaktor ! grogna-t-il. Comme s'il ne pouvait pas choisir un meilleur point de rendez-vous !

— Lequel ? L'une de ces auberges ? Notre présence éveillerait trop de curiosité. A bord ? Sous quel prétexte ? Non, mieux valait venir ici. John, continua l'astronaute, surveillez les pensées de Chaktor. Sur ma demande, il s'est ostensiblement rallié à l'opposition ferrolienne ; je veux savoir s'il joue bien franc jeu.

Bully sursauta.

— Quoi ? Chaktor a passé à la résistance ?

— Oui. Mais calme-toi. Marshall nous fait signe : quelqu'un approche.

Une silhouette trapue émergea de l'ombre.

— C'est lui, murmura le mutant. Assez inquiet : il n'apprécie pas ce quartier plus que nous.

Rhodan alluma, pour une seconde, sa lampe électrique ; Chaktor, reconnaissant le signal, s'avança. Tous quatre s'abritèrent sous un auvent.

— Faisons vite, souffla le Ferrolien. J'ai peut-être été suivi. Les murs de Thorta ont des yeux et des oreilles.

— Avez-vous les perruques ?

— Oui. Cinq. Ce ne fut pas facile à trouver. Pourquoi donc en avez-vous besoin ?

Un groupe de Végans en uniforme, marins venus du proche spatioport, passa, parlant haut.

— Plus tard, Chaktor, éluda l'astronaute. Tenez-vous vos gens bien en main ?

— Oui. Vingt hommes, qui se jetteraient au feu pour moi.

— Merci de votre confiance, Chaktor. Elle est justifiée, croyez-le. Contrairement à ce que prétendent vos compatriotes, fauteurs de troubles et meneurs de l'opposition, jamais nous ne tenterons d'occuper votre planète. Nous y avons obtenu une base commerciale ; cela nous suffit. Votre Thort, lui-même, nous a priés d'assurer la défense de Ferrol ; nous serions, sans cela, repartis depuis longtemps.

— Je sais. Comptez sur moi.

— Il est sincère, signala Marshall mentalement. La reconnaissance, pour lui, n'est pas un vain mot.

Le Végan, en effet, n'avait pas oublié ce qu'il devait aux Terriens, qui l'avaient recueilli et soigné alors qu'il dérivait, naufragé de l'espace, parmi les épaves de la flotte ferrolienne, mise en déroute par la première attaque topside.

— Vous agirez donc selon le plan prévu. Utilisez vos armes réglementaires.

— Mais elles sont mortelles ! Allez-vous donc sacrifier, volontairement, plusieurs de vos hommes ?

— Rassurez-vous. Nos écrans de protection sont efficaces. A vous de jouer votre rôle de façon convaincante : les lézards ne se laisseront pas abuser facilement !

— Je ferai de mon mieux.

— Je n'en doute pas. Dites, où en sont les choses au camp des prisonniers ?

— Je m'y suis rendu chaque jour, sous prétexte d'interrogatoires. En même temps que les gardiens, certains lézards ont pu entendre les discours à la télévision : le vôtre, et ceux des chefs de l'opposition. La nouvelle s'est répandue.

— Parfait. Je n'en demandais pas davantage. Ce sera tout pour aujourd'hui.

Quelques secondes plus tard, le Végan avait disparu, dans l'ombre des ruelles.

— Cet entretien n'a pas été inutile, dit gravement l'astronaute. Chaque mot prononcé nous épargne une vie humaine. John, que pensait-il vraiment ?

— Nous pouvons nous fier à lui... Attention ! une patrouille !

— Disparaissons !

Les Terriens, enclenchant les champs anti-G de leurs armures arkonides, s'envolèrent comme trois fantômes, au-dessus des toits de la ville.

A bord de l'*Astrée,* Krest attendait leur retour. Son visage était sombre.

— Vous avez manqué une intéressante conversation, dit Bull, en se débarrassant rageusement de son vaste manteau à capuchon. Le rendez-vous nocturne des conjurés ! Je me demande à quoi servent toutes ces parlotes, quand nous disposons d'un super-croiseur de la Classe Impériale ? S'il ne tenait qu'à moi...

— Il ne tient pas qu'à toi, heureusement. Krest, avez-vous vérifié les coordonnées que je vous ai soumises ?

Le Stellaire hocha la tête.

— Elles sont parfaitement correctes, tant pour la plongée dans l'hyperespace que pour la position galactique de l'étoile choisie. Une étoile qui, effectivement, possède plusieurs planètes.

— Veuillez les faire enregistrer sur microbande magnétique, pour robot-pilote. Et que cela n'ait surtout pas l'air d'un truquage, n'est-ce pas ?

— Vous jouez avec le feu, l'avertit Thora.

Ses cheveux de neige blonde semblaient phosphorescents, à la dure clarté des néons.

— Depuis l'âge des cavernes c'est le jeu favori de notre humanité ! Et de la vôtre aussi, d'ailleurs, du temps que vous bâtissiez votre Empire ! Thora, Krest, m'aiderez-vous ?

— Nous vous aiderons, dit-elle. Il me semble que vous tentez vraiment d'épargner des morts inutiles. Mais vous risquez gros.

L'astronaute sourit, soulagé ; l'appui promis par la Stellaire lui était précieux.

— Bull, amène-moi les trois mutants que tu sais dans ma chambre. Ensuite, conférence au carré.

Reginald hocha la tête. Il obéirait, certes ; mais il désapprouvait.

Français né au Japon, André Lenoir, toujours de bonne humeur, paraissait n'avoir, dans l'existence, d'autre souci que de lutter contre un embonpoint menaçant.

Ishy Matsu était japonaise.

John Marshall australien.

Ils se tenaient tous trois devant le commandant.

Le capitaine Klein les rejoignit. Officier de tir de l'*Astrée* et spécialiste des armes étrangères, il tenait à pleins bras trois uniformes vert pâle de la Troisième Force ; une affreuse odeur de roussi s'en dégageait.

Fièrement, il les étala sur la couchette. Ishy réprima un frisson.

Deux des uniformes portaient, à la hauteur de la poitrine, un large trou, déchiqueté, noirci ; le dernier était en si piteux état qu'on l'eût cru tombé dans un réacteur atomique.

Rhodan s'approcha.

— Bon travail, Klein. On s'y tromperait, vraiment.

Klein s'étrangla d'indignation.

— Commandant, ces trous ont été faits avec un lance-rayon ferrolien. Matériel d'origine : aucune contrefaçon !

— Et ça ? demanda Bull, en montrant le plus abîmé des uniformes.

— Radiant arkonide. Croyez-moi, n'importe quel expert y perdrait son latin !

— Je n'en doute pas, Klein, dit l'astronaute, en se retournant vers la Japonaise, qui pâlit.

— Ishy, je sais combien il vous sera désagréable de revêtir une telle défroque ; il le faut cependant. Le Dr Haggard va vous maquiller, pour vous donner l'aspect des plus graves brûlures. Il en ira de même pour Marshall et Lenoir. André, ne verdissez donc pas !

— Moi ? Vous vous trompez, commandant !

— Tant mieux. Maintenant, écoutez-moi. Notre plan doit se dérouler en quelques secondes ; vous en connaissez déjà le scénario : Vous, Ishy, vous avez été soudoyée par la résistance végane, à qui vous voulez apporter la capsule que voici, contenant de précieux renseignements enregistrés sur bande magnétique. Dans ce dessein, vous vous emparez d'un planeur et vous prenez la fuite ; Lenoir et Marshall, découvrant votre trahison, se lancent sur vos traces. Et vous abattent à l'atterrissage. A ce moment, ils sont eux-mêmes abattus par le groupe de résistants que vous tentiez de rejoindre.

— Vos écrans protecteurs, je vous le rappelle, vous mettent à l'abri de toute blessure réelle...

— Espérons-le, soupira Marshall.

— Pour parachever l'illusion, continua l'astronaute, vous aurez soin d'amorcer, au moment voulu, une cartouche fumigène, au profit de témoins éventuels. Une équipe de secours viendra ramasser vos « cadavres » assez vite pour éviter les curiosités intempestives. C'est tout. Avez-vous des questions à poser ?

— Pourquoi toute cette comédie ? demanda Haggard.

— Il me faut convaincre tout Ferrol que trois membres de mon équipage, dont un Arkonide, sont morts à la suite d'une trahison. Vous, John, vous êtes le plus mince, vous jouerez le rôle de l'Arkonide. Le docteur vous fixera cette perruque sur la tête, après avoir modifié au plastoderme la forme de votre front. Allez maintenant. Soyez prêts dans deux heures.

Ils sortirent sans un mot.

Bully montra moins de discrétion.

— M'expliqueras-tu ?

— Chasser par la force les Topsides de Véga risquerait de nous coûter cher. La ruse vaut mieux : je fais donc le nécessaire pour les contraindre à quitter ces parages de leur propre initiative...

Chaktor, vêtu de la courte tunique des ouvriers du port, attendait fébrilement l'heure H. Ses hommes, déguisés comme lui, rôdaient aux alentours, surveillant l'une des pistes marginales du spatioport, réservée aux planeurs ; le trafic y était des plus réduits.

Soudain, le minuscule émetteur-récepteur qu'il portait, dissimulé dans sa ceinture, bourdonna.

— Toujours rien ? demanda une voix ferrolienne.

Chaktor la reconnut : celle du chef de l'opposition lui-même. Nul ne savait son nom ; l'on murmurait qu'il s'agissait d'un très haut personnage, dans le proche entourage du Thort.

— Non, rien encore. Mais la fille viendra, j'en suis sûr.

— Je l'espère. Il me faut ces documents.

— Vous les aurez.

La communication fut coupée. Chaktor, soucieux, continua d'observer l'horizon, que l'*Astrée* dominait, au loin de sa masse.

Un point brillant apparut ; le Végan se raidit.

Chaktor, officier de l'astromarine, eût affronté sans crainte n'importe quel péril, à bord de sa nef, en plein espace. Mais ici, sur le sol ferme, il se sentait inquiet et maladroit.

Le point brillant grossit, dans un rugissement de moteur. Le Végan s'élança vers la piste.

Ishy Matsu, aux commandes du planeur, enclencha le minuscule réacteur arkonide qui établirait autour d'elle un champ d'énergie. Brutalement, elle manœuvra le double palonnier ; l'appareil piqua vers le sol. Sur l'écran d'observation, elle voyait approcher le planeur de Marshall, lancé à ses trousses. Allait-il rester à bonne distance ?

Luttant contre la panique, elle avait amorcé trop vite son atterrissage ; le planeur se cabra, avant de s'immobiliser, dans un déchirement de métal torturé.

Tout de suite, Ishy perçut les ondes mentales de Chaktor. Elle sauta à terre et courut dans sa direction.

Derrière elle, l'autre planeur se posait avec maestria. John, ouvrant la porte de la cabine, tira.

Un halo de feu violet flamboya autour de la Japonaise qui, bien que prévenue, ne put retenir un cri d'épouvante. Elle conserva cependant assez de sang-froid pour jouer son rôle jusqu'au bout : chanceler et s'abattre, en jetant loin d'elle, ostensiblement, la capsule de métal.

John, suivi de Lenoir, s'élançait vers elle ; Chaktor, à qui l'action rendait tout son calme, tira, lui aussi. L'Arkonide (bien reconnaissable à ses cheveux pâles) et son compagnon s'effondrèrent ; leur planeur s'embrasa.

Attirés par le bruit, plus de cinquante témoins épouvantés virent un inconnu bondir et s'emparer de la capsule, tandis qu'un groupe d'hommes l'entourait brusquement, pour protéger sa fuite. Tous s'embarquèrent en hâte à bord de deux planeurs, qui attendaient, moteurs tournant, dans l'ombre d'un hangar. Ils décollèrent et disparurent par-delà les collines.

Il ne restait plus, sur le spatioport, qu'une carcasse de métal tordu, et trois corps immobiles. Marshall, à travers le nuage fumigène, observait la scène.

— Votre cartouche ! Allumez-la ! souffla-t-il à Lenoir. Bon, c'est mieux.

— Et vous, ne remuez donc pas le pied gauche ! Vous êtes mort, non ? Et Ishy ?

— Evanouie. Pourvu que son écran protecteur ait tenu le coup !

— Ne dites pas de sottises ! Attention ! Des curieux approchent. Il ne nous manquait plus que cela...

André mit en œuvre ses dons hypnotiques.

— Le planeur risque d'exploser ! hurla l'un des Végans qui se portaient au secours des blessés.

Tous, aussitôt, reculèrent en désordre.

— Ouf ! soupira Marshall. Un joli talent que le vôtre.
A propos, comment vous sentez-vous en cadavre ?

Lenoir jura à voix basse ; des ondes de chaleur
montaient de l'épave en flammes.

— Que fait donc le commandant ? Je voudrais bien
qu'il arrive ! Je ne pourrai plus retenir longtemps les
Végans : ils veulent absolument nous venir en aide !

— Encore cinq minutes ! Que Chaktor puisse prendre le large... Ishy revient à elle, regardez !

Lenoir avait compris à demi-mot ; il lança une onde
cérébrale pour rappeler à la prudence la Japonaise, qui
avait remué faiblement : or, une victime des radiants
d'Arkonis se devait de rester immobile — définitivement.

La jeune fille ne bougea plus.

Chaktor était de nouveau en uniforme ; son image
apparaissait, très nette, sur le petit écran. L'astronaute,
cette fois encore, était seul dans sa chambre.

— Le Thort est au désespoir, dit Rhodan. Il a
ordonné une enquête sévère. Prenez garde.

— Et les trois « victimes » ? demanda le Végan,
nerveux. Sont-elles en bonne santé ?

— Mais oui. Et la capsule ?

— Toujours en ma possession. Mes chefs ont pris
connaissance de son contenu. Je compte maintenant
parmi les héros de l'opposition !

— Parfait. Nous pouvons donc agir selon le plan C.
Je donne immédiatement l'ordre de départ. Continuez à
surveiller le camp de prisonniers. Comment m'avez-
vous dit que se nommait le lézard en question ?

— Chren-Tork. Un officier de haut grade.

— Tout à fait ce qu'il me faut. Est-il intelligent ? Une forme de pensée logique ?

— Ces créatures ne sont, pratiquement, que logiques. Ils ignorent les faiblesses du sentiment !

— Encore mieux. Vous avez accès aux cellules ; entrez en contact avec ce Chren-Tork, en vous donnant pour un membre du mouvement d'opposition. Mes hommes ont pris, sur les lieux de l'affaire, de bonnes photos des trois « morts » ; je vous les ferai tenir. Vous les lui montrerez, pour bien le convaincre de l'activité de la résistance. Puis vous obtiendrez qu'on l'amène à mon bord pour un interrogatoire.

— Ce sera difficile : les prisonniers se trouvent sous le contrôle d'une commission scientifique.

Rhodan balaya l'argument de la main.

— S'il le faut, j'en appellerai au Thort. D'autres questions ?

— Non. Mais...

— Ecoutez, Chaktor. Gardez votre sang-froid, et faites-moi confiance. Souvenez-vous qu'une simple base arkonide sur votre sol vaut mieux qu'une invasion topside, que vous seriez bien en peine de repousser !

Le Végan en avait fait la cruelle expérience.

— Comptez sur moi.

Rhodan coupa la communication. Quelques minutes plus tard, Bully se manifestait sur l'écran d'un autre appareil.

— La C 7 est prête à l'appareillage.

L'astronaute, par l'ascenseur central, se rendit à la soute où se trouvait la chaloupe. Le major Nyssen et quinze hommes attendaient devant le sas : tous semblaient dans la meilleure forme.

Rhodan récapitula les ordres donnés :

— Nyssen, je vous confie une mission importante. Le rayon d'action de votre chaloupe est de cinq cents années de lumière. Plongez à cette distance dans l'hyperespace, en vous tenant strictement aux coordonnées de réémersion. De ce point de l'espace, vous lancerez, à pleine puissance de votre hyperémetteur, le message codé que je vous ai remis. Cela fait, ralliez Ferrol.

— Bien, commandant. Espérons que les détecteurs des lézards capteront ce message.

— Et qu'ils le tiendront pour une imprudence de notre part, trahissant la position galactique de notre planète... Allez-y, Nyssen !

Un peu plus tard, les stations de contrôle ferroliennes enregistraient le départ de la chaloupe. Les vols de reconnaissance étaient monnaie courante ; nul ne songerait donc à s'étonner.

Le capitaine Klein attendait dans le poste central.

— Réunion du conseil dans une heure, au Palais-Rouge, dit-il. La nouvelle vient de me parvenir.

— Nous y serons. Que disent les services de sécurité ?

— Ils sont sur les dents : la police aussi. On recherche fébrilement les auteurs de « l'attentat ». Le gouvernement flétrit les méthodes de l'opposition. Nous sommes d'autant plus assurés d'obtenir la signature de ce traité.

— D'une pierre deux coups ! constata l'astronaute, satisfait. Thora, voulez-vous préparer le robot-traducteur ? Nous allons recevoir des visites. Dites-moi, êtes-vous certaine que les officiers topsides parlent l'intergalacte ?

— Oui. Le Système de Delta d'Orion appartient au Grand Empire.

— Appartenait, corrigea Rhodan. Les lézards ont conquis leur indépendance ; ils annexent une planète après l'autre. Leur royaume prend de plus en plus d'importance. Et vous, à Arkonis, que faites-vous pour les mater ? Rien !

Thora ne pouvait le nier ; elle garda le silence.

— Nous avons perdu cet esprit d'initiative qui caractérise votre race. Et vous le savez, dit Krest doucement.

— Je le sais. Aussi serait-il bon, pour votre Grand Empire de s'adjoindre enfin quelques alliés énergiques ! Nous, en l'occurrence. Car nous sommes maintenant embarqués sur la même galère : ces races non humaines, grignotant votre Empire comme des termites, menaceront un jour notre Terre. A nous de faire front, pour assurer notre commune défense ! Et maintenant, au travail. Il s'agit de résoudre le problème suivant.

Couvrant l'avance des hommes du groupe qu'il accompagnait, le robot de combat (Soigneusement programmé, il réagissait au moindre signe de danger.) releva soudain son radiant en position de tir.

Reginald Bull plissa le front ; un coup d'œil à Marshall lui apprit qu'ils approchaient de leur but.

Une sentinelle végane salua, puis s'écarta d'une porte derrière laquelle une galerie circulaire dominait une vaste salle ronde, où s'alignaient les « cages ». Une insoutenable puanteur en montait.

— Ils sont musqués ! grogna Bull.

— Mais intelligents, comme vous et moi, le consola l'Australien. Et l'intelligence n'a pas d'odeur.

— On ne le dirait pas.

Reginald se pencha par-dessus la balustrade.

Le camp de prisonniers se trouvait sur la plus petite des lunes de Ferrol, un monde mort, ne comptant que quelques agglomérations minières, sous globe.

Dès le début des hostilités, les Végans s'étaient refusés à incarcérer sur Ferrol ou Rofus les prisonniers topsides, qui leur inspiraient, prétendaient-ils, une trop grande horreur. Mais cet éloignement discret avait une raison moins avouable, que les mutants découvrirent vite, non sans indignation : les Ferroliens, sous le prétexte de recherches scientifiques, se livraient sur les Topsides à certaines expériences dont ils se gardaient bien de souffler mot. Le Thort, interrogé par Rhodan, avait feint l'ignorance.

Bull contemplait toujours le spectacle, en contrebas. Les lézards étaient enfermés dans des cages, défendues par d'énormes serrures et des rangs de fils de fer électrifiés.

Parfois, un long corps écailleux se dressait d'un élan et tentait vainement d'ébranler les épais barreaux ; des cris aigus et des sifflements se répondaient, en explosion soudaine.

— L'heure de la ration ! expliqua l'officier végan, qui accompagnait les Terriens.

Marshall se redressa. Il jouait à nouveau son personnage d'Arkonide et, sous les cheveux clairs et le front artificiellement élevé, son visage était empreint de majesté. Bull lui lança un regard dépourvu d'aménité. Il avait encore sur le cœur la remarque de Rhodan : « Toi, dans un rôle d'Arkonide ? Avec ton gabarit ? » M. le Ministre avait donc dû se contenter d'incarner un prétendu commandant originaire d'une prétendue pla-

nète, colonie d'Arkonis. Son amour-propre en souffrait
cruellement.

— Est-il juste de traiter ainsi des prisonniers de
guerre ? demanda Marshall, d'une voix dure.

L'officier qui dirigeait le camp ne parut pas comprendre ; les Ferroliens ignoraient les attendrissements inutiles...

Chaktor toussota : le mutant comprit la mise en garde
et se tut. En bas, la distribution de nourriture continuait. Les Terriens durent se contenir ; la scène était
odieuse.

Ensuite, ils descendirent dans la salle ; certaines
cellules, plus petites, ne comptaient qu'un occupant. Il
s'agissait de lézards de haut grade, ce que précisait, avec
leur nom, une étiquette en langue ferrolienne, sur la
porte.

— Là, dit Chaktor.

Bull s'approcha. Le Topside, dont l'uniforme en
loques portait encore les insignes de son rang, se
redressa sur la planche qui servait de lit. Immobile, on le
sentait cependant prêt à bondir. Ses yeux sombres et
saillants brillaient, attentifs, sous le crâne étroit, couvert
de fines écailles brunes.

Reginald avait pâli ; Marshall serrait les poings. Il ne
percevait que trop clairement les ondes mentales du
prisonnier : la peur le dominait ; il avait certainement
subi plus d'une « expérience ». En cet être, d'aspect si
redoutable, venu d'un royaume éloigné de huit cent
quinze années de lumière, tout n'était, malgré son calme
apparent, qu'épouvante et souffrance.

— Nom : Chren-Tork. Titre : tubtor, ce qui correspondrait à commandant d'un vaisseau de ligne, expliqua
le Végan.

Bull vint tout contre la grille ; le Topside se ramassa sur lui-même. Marshall devina qu'il s'agissait là d'un geste de défense instinctif, devant ce « visage pâle » si différent des peaux-bleues.

Officier d'état-major, le lézard savait parfaitement à qui les siens devaient leur cuisante défaite : mais, en cette silhouette trapue, il ne retrouvait pas la sveltesse et les cheveux d'argent des Arkonides. L'étranger, pourtant, lui inspirait de la méfiance.

John Marshall fit alors un pas en avant. Le lézard l'aperçut et se dressa, avec un cri aigu. Il reconnaissait maintenant l'un de ces Arkonides haïs, dont le Grand Empire restait encore assez puissant pour s'opposer, depuis des siècles, à l'expansion de Topsid ! Il sut, la rage au cœur, qu'il avait trouvé son maître.

— Chren-Tork, tubtor du royaume des Trois-Soleils, commença Marshall, en intergalacte. (Il avait, grâce à l'indoctrinateur, appris la langue universelle de l'Empire.) Eh bien ! répondez ! Je sais que vous ne comprenez.

— Je vous comprends.

La voix du Topside était haute, sifflante, mais distincte.

— Vous allez nous accompagner. Le commandant de notre astronef désire vous interroger à son bord.

Chren-Tork crut sa dernière heure arrivée ; son corps musculeux se tassa.

— Je suis un prisonnier de ces primitifs bleus. Vous n'avez pas le droit...

— J'ai tous les droits, coupa Marshall. Vous relevez de la seule juridiction du Grand Empire.

Le Végan, sur son ordre, ouvrit alors la porte.

— Sortez !

Bull braquait son arme sur le lézard. Celui-ci obéit : il savait reconnaître un désintégrateur arkonide, lorsqu'il en voyait un.

— Un geste inconsidéré, et je vous abats, déclara Bull. Pourquoi vous ménagerais-je ? Vous avez attaqué Ferrol par erreur : c'était la planète dont je viens que vous recherchiez.

Marshall enregistra la réaction du Topside à ces paroles : son attention s'était brusquement éveillée. Ainsi se trouvaient confirmés les soupçons de l'état-major : ce n'était pas dans ce système solaire que l'on découvrirait l'épave du croiseur arkonide naufragé. Ce barbare avait eu la langue trop longue...

Chren-Tork, toujours sous la menace du désintégrateur, les suivit le long du couloir. Il ne marchait pas exactement : on eût dit, plutôt, un glissement de tout le corps.

— Il a mordu à l'hameçon, transmit mentalement l'Australien à Reginald.

Après d'innombrables formalités — la bureaucratie ferrolienne était merveilleusement tatillonne ! — le prisonnier fut officiellement remis aux Terriens ; ils embarquèrent dans une navette qui les attendait, devant le sas de la ville sous globe. Chaktor, qui les accompagnait toujours, proposa de ligoter lui-même le Topside sur l'un des sièges pneumatiques ; il en profita pour lui glisser quelques mots à voix basse. Ses compagnons feignirent de ne rien remarquer.

La lune diminua sur les écrans. Bull, nerveux, ne se tint pas d'interroger Marshall :

— A-t-il vraiment gobé l'appât ? Cette sale bête me fait froid dans le dos.

— Pas à moi : ce n'est qu'une créature effrayée. Pour

le reste, rassurez-vous : il est maintenant persuadé que Chaktor est un farouche ennemi des Arkonides.

Des indiscrétions voulues avaient informé les lézards prisonniers des mouvements de résistance organisés à Thorta contre les Stellaires. Chren-Tork ne s'étonna donc pas de trouver en Chaktor un allié ; empli d'un brusque espoir, il sentit s'apaiser ses craintes.

Marshall, satisfait, nota ce changement d'attitude.

Dans le poste central de l'*Astrée,* Rhodan attendait l'arrivée du prisonnier. Le Dr Haggard s'était surpassé : une habile application de plastoderme donnait à l'astronaute le haut front caractéristique des Arkonides, sous une perruque de cheveux pâles. Un humain eût remarqué la supercherie ; mais il était peu probable qu'un Topside la devinât. Krest s'amusait de ce déguisement ; Thora le tenait pour une plaisanterie de mauvais goût, et ne s'en cachait pas.

— Attention. Ils viennent.

L'interrogatoire avait pris fin. Lorsque Chren-Tork, physiquement et moralement épuisé, quitta l'astronef, il ne se doutait pas être resté, pendant plus d'une heure, sous l'influence hypnotique d'un radiant psi. Ensuite, l'un des mutants de la Milice avait exercé ses talents sur lui : Kitai Ishibashi disposait d'une incroyable force de suggestion. Aussi le Topside, bien que persuadé de conserver tout son libre arbitre, n'en resterait pas moins, à l'avenir, sous l'influence de certaines idées bien précises, artificiellement ancrées dans son cerveau.

Sur les écrans, l'astronaute put suivre le départ de

Chren-Tork ; un groupe de Ferroliens, commandés par Chaktor, le gardait étroitement ; tous s'embarquèrent à bord d'un planeur. Demain, l'on ramènerait le prisonnier au camp établi sur la Lune. Demain... Rhodan espérait bien pouvoir intervenir auparavant.

— Nous avons joué notre partie. A Chaktor, maintenant, de jouer la sienne : tout le succès de notre plan va dépendre de lui.

— Vous serez cependant bien forcé, dit Krest, de jeter le croiseur dans la bataille... Vous étiez très convaincant, dans votre rôle de commandant arkonide.

— Je vous l'ai souvent affirmé, Krest : nous autres, hommes, avons bien des talents. Ou, plutôt, nous en portons les germes en puissance ; donnez-nous le temps de les développer, et nous étonnerons l'univers ! Mais il nous faut ce temps : c'est pourquoi je m'applique à tenir, pour le moment encore, les Topsides à distance de la Terre. Nos détecteurs enregistrent sans cesse de nouvelles distorsions des réseaux de structure de l'espace : elles ne prouvent que trop clairement l'activité des lézards. Enfin, nous serons bientôt fixés. Nous saurons si notre ruse a réussi...

— Et dans le cas contraire ?

— Alors, nous n'aurons d'autre solution que la force brutale.

A bord du planeur ferrolien qui l'emmenait, Chren-Tork était maintenant fermement persuadé que Rhodan et ses hommes venaient de l'une des planètes de Capella, à quarante-cinq années de lumière de distance. Pour preuve supplémentaire, la bande magnétique, avec les coordonnées de Capella V, et tombée aux mains de

la résistance par les soins d'Ishy Matsu, de Marshall et
de Lenoir, serait produite en temps voulu.

Pour le reste, tout dépendrait de l'habileté de
Chaktor : parviendrait-il à convaincre les lézards de
l'opportunité de frapper l'ennemi à la tête — sur sa
planète d'origine ?

Pour les Terriens, il eût été plus simple, sans doute,
de détruire les bases topsides des Six Lunes. Mais si, le
destin s'en mêlant, l'*Astrée* se trouvait endommagée, ou
même détruite, au cours de cette opération ? Le navire,
certes, était pratiquement invulnérable — sauf aux
coups d'un croiseur de même type. Rien n'assurait que
les lézards ne se fussent pas emparés d'autres unités de
la flotte arkonide...

Rhodan, soucieux, pesait encore le pour et le contre.
Son esprit logique lui disait pourtant qu'il avait pris la
bonne décision. Machinalement, après avoir ôté la
perruque blanche, il écaillait la couche de plastoderme,
sur son front.

— Il nous faudra, remarqua-t-il, adjoindre à notre
Milice des spécialistes en grimage. Prends-en note,
Bully.

Puis il se dirigea vers la porte.

— Donne aussi l'ordre d'appareiller au crépuscule,
dit-il en s'arrêtant sur le seuil. Capitaine Klein ?

— Commandant ?

— Prévenez le Thort que nos observateurs signalent
une activité suspecte des Topsides, laissant prévoir une
prochaine attaque sur Ferrol ; j'entreprends donc un vol
de reconnaissance avec mon croiseur. Nous partirons
avant le coucher du soleil. Comme vous le savez,
continua-t-il, Chaktor prendra la fuite avec Chren-Tork,
à bord d'un torpilleur végan, après la tombée de la nuit.

Nous devons, pour la vraisemblance, être absents à ce moment-là.

— Pourquoi donc ?

— Parce que Chaktor n'irait pas loin si nous nous lancions à sa poursuite. L'*Astrée* est mille fois plus rapide que son torpilleur, et tellement mieux armée ! L'amiral des lézards soupçonnerait aussitôt que, pour nous distancer à bord de son escargot volant, Chaktor agissait de mèche avec nous ! Il n'y a qu'un moyen de lui laisser le champ libre : disparaître dans l'espace. Les Ferroliens ne possèdent pas d'hyperémetteurs ; ils ne pourront donc nous informer de cette nouvelle trahison d'un membre de l'opposition. Comprenez-vous, maintenant ?

L'astronaute sortit ; le silence, un instant, régna.

— Il m'inquiète, dit enfin Bully. Ce n'est plus un cerveau qu'il a, mais une calculatrice ! Quel plan tortueux... Je commence à croire, pourtant, que les lézards tomberont dans le panneau. De plus, si le message qu'émettra Nyssen, annonçant l'arrivée d'une formidable escadre de secours, est bel et bien capté par les Six Lunes, ces sales bêtes n'en mèneront pas large : à la place de leur amiral, je m'empresserais de déguerpir, pour tenter un coup d'audace à Capella même — le départ de la flotte laissant notre prétendue planète natale dangereusement affaiblie ! Un plan tortueux, je le répète, mais qui peut réussir.

CHAPITRE VIII

Tako Kakuta, une heure après le coucher du soleil, s'était téléporté à l'intérieur d'un petit poste de garde, qui servait de prison pour la circonstance. Le champ d'énergie de son armure arkonide, par une distorsion des rayons lumineux, le rendait invisible ; nul — et pas même Chaktor — ne soupçonnait sa présence.

Le Végan, suivi de quelques hommes, venait de se faire conduire à la cellule où était enfermé Chren-Tork. Rhodan lui avait remis un radiant psi : les sentinelles, toute volonté annihilée, lui laisseraient donc emmener le Topside sans poser de questions. Tako sursauta, horrifié : au lieu du radiant, c'était de leurs lance-rayons que se servaient les Ferroliens. Les gardiens s'écroulèrent, morts.

Sur le seuil de la cellule, dont le Végan avait forcé la porte, le lézard, au comble de l'excitation, apparut. Tako s'approcha, pour entendre le hâtif dialogue qui s'échangeait. Chren-Tork parlait couramment le ferrolien : les Topsides, eux aussi, possédaient des méthodes d'enseignement accéléré.

— A vous de choisir, disait Chaktor. Vous savez que nous nous refusons à subir l'occupation des Arkonides ;

j'agis au nom de mes chefs. Mais, si je vous libère, c'est ma tête que je risque.

— Le Thort est-il au courant ?

— Non. Ses jours sont comptés. Notre mouvement le renversera, dès que nous aurons pu conclure un accord avec votre haut commandement. Vous quitterez notre territoire, où nul étranger ne doit s'implanter ; en échange, nous vous aiderons à vaincre définitivement les Arkonides, qui sont vos adversaires et les nôtres.

— Comment ? La décision ne dépend pas de moi seul.

— Je m'en doute. Obtenez-moi une entrevue avec votre amiral. Je puis lui fournir les coordonnées galactiques de la planète de nos ennemis. Ils ne sont pas originaires d'Arkonis, mais de l'une de ses colonies, dont le Stellarque, Rho-Dan, a proclamé l'indépendance.

— Ce qui m'explique leur agressivité ! Nous nous en étonnions : sur Arkonis, ils ont perdu depuis longtemps tout esprit d'initiative ! Bon, délivrez-moi, et vous aurez votre entrevue. Disposez-vous d'un astronef rapide ?

— L'un de nos plus récents torpilleurs. Au crépuscule, Rho-Dan a appareillé. La voie est libre ; notre fuite a donc toutes les chances de réussir. Vous savez que, grâce à la trahison d'une des femmes de l'équipage, nous sommes en possession des coordonnées dont je vous parlais : je ne mens pas.

— Je sais. Tout le camp en a parlé. Ne perdons pas de temps.

— Je veux d'abord avoir votre promesse formelle : vous quitterez notre système solaire.

— Je vous la donne.

Tako grimaça un sourire : le Topside, pour sauver sa vie, aurait promis n'importe quoi...

— N'essayez pas de nous trahir, insistait Chaktor. Traitez avec nous, pas avec le Thort : c'est un faible, à qui l'on ne peut se fier. Nous ne vous aimons pas, mais nous préférons encore nous entendre avec vous plutôt que de subir ce Rho-Dan, qui, tôt ou tard, annexerait notre planète. Nous sommes désarmés devant lui : à vous de le mettre en échec ! Je sais, de source autorisée, que Rho-Dan a appelé en renfort toutes ses escadres.

A cette nouvelle, une vague de panique submergea Chren-Tork :

— En avez-vous la preuve ?

— Votre amiral l'aura.

— Qu'attendez-vous ? Partons !

Sans même un regard pour les cadavres des sentinelles, Chaktor et ses hommes quittèrent la prison, encadrant le Topside, dissimulé sous un vaste manteau à capuchon.

Tako en avait assez vu ; il s'évapora, pour se rematérialiser sur l'une des pistes du spatioport, où attendait le torpilleur, dont le départ n'étonnerait personne : Chaktor avait annoncé son intention d'effectuer une brève patrouille de reconnaissance.

Le Japonais, malgré son armure, frissonna. Un vent glacé descendait des collines ; de gros nuages noirs se rassemblaient, prélude à l'un des fréquents orages de Ferrol.

Peu après, un planeur atterrissait ; trois Végans en descendirent, qui montèrent ensuite à bord du torpilleur ; l'un d'eux était de taille curieusement élevée pour un autochtone...

Dans un jet de flammes, la nef ovoïde décolla ; le grondement de ses réacteurs se perdit dans la distance.

Tako se transporta jusqu'à la base, établie au pied des montagnes. Il ne s'y trouvait, sous la protection des robots de combat, qu'Ishy Matsu. La brusque apparition de Tako ne surprit pas la Japonaise ; elle avait décelé son approche à ses ondes mentales...

— Tout a bien marché ?

Tako hocha la tête, et se dirigea vers l'hyperémetteur.

— J'appelle l'*Astrée*. Ici Kakuta. J'appelle...

Au-dehors, la pluie tombait en trombes ; la tempête devenait ouragan.

Le message du Japonais toucha l'*Astrée* trois heures après l'appareillage. Les détecteurs, d'une prodigieuse puissance, purent suivre la trace du torpilleur en fuite, pourtant éloigné de plus de cinquante mille kilomètres.

Rhodan savait qu'il fallait au Végan vingt-deux heures environ pour atteindre à la vitesse de la lumière, et aux autres nefs ferroliennes, moins récentes, cent heures. Il était donc pratiquement exclu, pour les Ferroliens, de rattraper l'avance prise par le fugitif.

Rhodan seul en eût été capable ; il ne devait donc pas revenir trop tôt à Thorta, où le souverain, horrifié par ce nouveau coup de l'opposition, s'efforçait désespérément d'alerter l'*Astrée* par radio. En vain : car il ne disposait pas d'hyperémetteurs.

A bord, l'équipage était sur le pied de guerre ; les détecteurs fouillaient l'espace sans relâche.

Les Topsides, au large de la quarantième planète, montraient une activité débordante et, de toute évidence, renforçaient leurs positions ; des cargos leur apportaient sans cesse des armes et du matériel.

Rhodan attendait, rongeant son frein.

Huit heures après l'évasion de Chren-Tork, les récepteurs captèrent enfin l'hypermessage lancé par Nyssen. Il venait exactement (Le cerveau P le confirma.) du secteur galactique de Capella.

Ou, du moins, il semblait bien en venir, si l'on traçait une ligne imaginaire entre Véga et Capella.

Rhodan se dirigea vers le robot-traducteur, qui s'affairait déjà à décoder les groupes de chiffres reçus ; il s'agissait d'un code extrêmement complexe, en usage, autrefois, dans l'astromarine du Grand Empire... Les lézards en possédaient la clef.

— Texte en clair ! piailla la voix métallique du robot :
« Nyssen, amiral de l'Empire, à sa Hautesse le Stellarque Rho-Dan. C 7 bien arrivée, apportant courrier N° 3/1219. Etat d'alerte générale proclamé sur Capella V. Escadre réarmée et prête à l'appareillage. Coordonnées de réémersion notées et programmées. Etat de nos forces : vingt-deux croiseurs de bataille, classe Impériale ; trente et un croiseurs, classe Arkonis ; soixante-dix-sept croiseurs légers ; cent cinq unités de moindre tonnage. Demande de nouveaux ordres, et confirmation des dispositions prises. Signé : Nyssen, amiral de l'Empire. »

Dans le poste central, les Terriens, médusés, gardèrent un instant le silence. Puis Rhodan se mit à rire :

— Nyssen n'y va pas de main morte ! Le voilà qui se proclame amiral et moi Stellarque...

— Quelle impudence ! s'exclama Thora. Comment osez-vous vous arroger des titres réservés aux Arkonides ? Je...

Elle s'interrompit, remarquant l'attitude de Krest. Le savant, assis près de Bull sur une banquette, se cachait le visage dans les mains, les épaules secouées d'un rire homérique ; M. le Ministre, lui, se tapait sur les cuisses et beuglait de joie.

Les yeux de Thora flambaient d'un éclat rouge :

— Je vous déteste tous ! cria-t-elle.

Puis elle s'enfuit en claquant la porte.

— N'est-elle pas merveilleuse ? commenta Rhodan. Tant de franchise, tant d'ardeur ! On la prendrait pour une Terrienne !

— Perry, dit Krest, voilà le plus beau compliment que vous pouviez faire à une fille de ma race, n'est-ce pas ?

Tel un écolier pris en faute, le commandant rougit jusqu'aux oreilles, et ne sachant, pour une fois, que répondre, dicta d'une voix sèche un message pour le major.

— « Rho-Dan à Nyssen, amiral de l'Empire. Appareillez dans les plus brefs délais. Alerte générale pour toute la flotte. Préparez-vous à une attaque massive d'unités topsides. Attendez-moi au large de Véga XXXVIII. Renvoyez la C 7 immédiatement. Signé : Rho-Dan, Stellarque de Capella. »

Quelques minutes plus tard, les émetteurs lançaient dans l'espace le message dûment codé.

— Je crois rêver ! murmurait Bull. Qu'est-ce que Nyssen s'est inventé ? Vingt-deux croiseurs ? Laisse-moi te dire...

— Plus tard, coupa Rhodan. Une seule chose importe, pour le moment : les lézards des Six Lunes ont-ils capté ces deux messages ? Techniquement parlant, cela n'a rien d'impossible. Si oui, Chaktor, à son arrivée, trouvera le terrain tout préparé, d'autant plus qu'il apporte, comme preuve supplémentaire, la capsule contenant nos prétendues coordonnées. Tout cela s'additionne, et je voudrais bien voir le chef de guerre qui resterait sans réaction! Surtout un chef topside, à l'intelligence essentiellement logique. Bon. Nous ne pouvons rien faire de plus, pour l'instant. Gardons-nous d'échanger d'autres messages; ils risqueraient d'éveiller les soupçons.

— Et si les lézards ne les ont pas captés? demanda Krest, soucieux.

— Alors, il sera toujours temps d'aviser... Bull?

Reginald sursauta.

— Dans dix heures environ, retour à Ferrol. Nous serons avertis aussitôt de la fuite de Chaktor, et nous nous lancerons à sa poursuite. Krest, accompagnez-moi à la salle des calculatrices; je voudrais savoir exactement quand le torpilleur de Chaktor arrivera aux Six Lunes. Il serait bon que nous nous y trouvions un peu avant lui.

— Passerez-vous par l'hyperespace?

— Non. Mieux vaut pas. Feignons une poursuite normale, à la limite des vitesses luminiques. Le temps qu'il décélère, et nous l'aurons rattrapé. Nous pourrons surveiller de loin le déroulement des opérations. Bull, préviens l'équipage : une épreuve de force nous attend.

L'astronaute quitta la pièce; ses compagnons s'entre-regardèrent, oppressés.

— S'il échoue dans ses projets, dit enfin Haggard, c'est que personne ne pouvait réussir. Venez, Manoli. Nous aurons peut-être du travail, tout à l'heure; je me doutais bien que toute cette histoire ne se déroulerait pas sans recourir aux grands moyens!

— Pourtant...

— Oui, je sais. Son stratagème nous évitera sans doute bien des pertes. Quel homme : ses idées me sidèrent toujours ! conclut le docteur, admiratif.

CHAPITRE IX

Il n'avait fallu que vingt-quatre heures — temps terrestre — aux Ferroliens pour mettre sur le pied de guerre les restes de leur astromarine.

Leurs nefs, en forme d'œuf, lourdes et lentes et dépourvues d'écrans protecteurs, avaient été décimées par les Topsides. Les unités restantes, insuffisamment armées, n'étaient pas toutes équipées des canons radiants arkonides, que l'industrie végane, malgré de fébriles efforts, ne parvenait pas à produire en suffisance.

Le Thort, que Rhodan n'avait pas jugé bon de mettre au courant du « double jeu » de Chaktor, considérait l'évasion de Chren-Tork comme la pire catastrophe de toute l'histoire de son peuple. Lorsque l'*Astrée* atterrit à Thorta, une gigantesque action de police se déployait sur les trois planètes habitées : l'opposition, qui avait eu recours à des moyens délictueux et menaçait l'existence du gouvernement, allait être matée.

L'escadre ferrolienne, déployée dans l'espace sur un large front, n'apportait d'ailleurs qu'un piètre soutien à ses alliés. Les nefs ovoïdes mettaient cent heures pour atteindre à la vitesse de la lumière, le croiseur, dix minutes.

Dans le gigantesque Système de Véga, la quarantième planète se trouvait à quarante-huit milliards de kilomètres du soleil. En chute libre, à 99,5 % de la vitesse luminique, accélération et décélération comprises, il faudrait à l'*Astrée* 48,8 heures de temps-standard pour y arriver.

Il ne lui aurait fallu que quelques secondes, en passant par l'hyperespace. Mais Rhodan avait renoncé à cette plongée : c'eût été faire courir un trop grand risque au croiseur que d'approcher, seul, les Six Lunes. Nul ne savait au juste de quels effectifs disposaient les lézards ; l'*Astrée* n'était peut-être pas l'unique navire arkonide dont ils se fussent emparés !

Le croiseur, de plus, ne comptait que les trois cents hommes indispensables à la manœuvre. Cela signifiait que l'on ne pourrait en distraire un équipage pour les chaloupes ; celles-ci resteraient donc dans les soutes. On lancerait, tout au plus, quelques chasseurs dans la bataille...

Rhodan ne sous-estimait pas le danger ; tous ces problèmes à résoudre demandaient réflexion.

Après quarante-huit heures de route, l'astronef géant venait de franchir l'orbite de Véga XXXIX. Sur les écrans, Véga XL apparaissait nettement.

Le cerveau P avait infailliblement calculé la position du torpilleur de Chaktor, depuis longtemps dépassé, bien qu'il disposât de vingt-quatre heures d'avance.

La C 7 rallia Ferrol, juste avant le départ de l'*Astrée*. Le major Nyssen annonça qu'il avait distinctement capté le message du « Stellarque » : on pouvait donc espérer qu'il en allât de même pour les Topsides.

Cela restait l'une des nombreuses inconnues d'un problème qui réclamait une prompte solution : car, s'ils ne quittaient pas le Système de Véga, les Topsides, tôt ou tard, finiraient bien par découvrir la Terre...

L'*Astrée* naviguait en pilotage automatique. Dans le poste central, Rhodan observait les écrans, et le vacillement perpétuel des lampes de contrôle ; Bull, près de lui occupait le siège du copilote.

Le capitaine Klein se tenait au tableau de tir, dont la surface réduite et les quelques boutons apparaissaient curieusement inoffensifs ; Klein savait pourtant qu'il disposait là d'une puissance de mort presque inconcevable aux normes humaines : sur elle reposaient encore les bases du Grand Empire. Krest et Thora surveillaient la calculatrice de secours, prêts à intervenir en cas de danger imprévu.

Les mutants, dans l'angle de la vaste pièce qui leur était réservé, attendaient.

L'astronef avait amorcé sa manœuvre de décélération, lorsque les écrans détecteurs signalèrent la présence d'une escadre ennemie, en formation serrée, comptant soixante-deux unités.

Rhodan enclencha aussitôt le pilotage manuel ; ses gestes étaient d'une admirable sûreté. Le front de Bull se couvrit de sueur. L'*Astrée* allait connaître le baptême du feu.

Tous avaient maintenant bouclé leurs casques ; dans les microphones, la voix de Krest retentit :

— Ne prenez pas trop de risques, Perry. Comment pouvez-vous être sûr que vos messages et la fuite de

Chaktor ont bien atteint le but que vous vous en promettiez ?

— Intuition, instinct, appelez cela comme vous voudrez. C'est une faculté que possèdent les Terriens. Les Topsides doivent être informés de l'approche de l'escadre de Capella ; ils savent que leurs positions, sur les Six Lunes, vont devenir intenables. Ils ne s'y accrochent encore que parce qu'ils espèrent bien récupérer Chren-Tork, Chaktor et ses renseignements. Leur amiral engage donc la plus grande partie de ses forces pour détourner notre attention. Klein ? Feu à volonté dans trois minutes. Nous serons à dix secondes de lumière de l'ennemi. Vos radiants portent-ils aussi loin ?

— Aussi loin ? (La voix de Thora vibrait d'orgueil.) Attendez d'en faire l'expérience ! Vous ignorez ce que peuvent nos armes !

— J'apprendrai, soyez tranquille ! riposta Rhodan. (Son visage s'était durci comme un masque.)

Autour de l'astronef, un écran d'énergie quintidimensionnel étendait son réseau protecteur, bulle infrangible de deux cents kilomètres de diamètre.

Sur les écrans d'observation optique, on distinguait maintenant les vaisseaux topsides aux traînées ardentes de leurs réacteurs. L'*Astrée,* dont la vitesse atteignait encore la moitié de celle de la lumière, piqua droit sur eux. L'heure H avait sonné ; tous le savaient à bord.

— Les lézards n'emploient pas la bonne tactique, dit quelqu'un. A leur place, j'aurais déjà tenté de changer de cap. Nous allons rompre leurs lignes !

— Qui a parlé ? gronda l'astronaute.

— Major Deringhouse, commandant.

— Même si vous avez raison, taisez-vous ! Etes-vous paré ?

— Paré pour l'éjection, commandant. Cette fois, je connais le coin : c'est ici qu'ils nous ont attaqués, Roux, Calverman et moi. Juste dans leur secteur de plongée.

Tout se passa en un instant. L'*Astrée*, à quatre-vingt mille kilomètres à la seconde, atteignit les lignes topsides et les traversa.

Klein, en même temps, abattait les dix doigts sur les boutons de son tableau de tir.

Rhodan entendit Bull hurler d'excitation. Un fracas de fin du monde se mêlait au grondement sourd des tourelles crachant le feu. Par leur travers, une nef topside avait surgi. L'astronef vibra de toute sa membrure ; l'écran s'embrasa comme un halo de feu violet. Lorsqu'il s'éteignit, il ne restait plus de la nef qu'une épave démantelée.

En même temps, dix-sept soleils en miniature illuminaient soudain les ténèbres de l'espace : dix-sept coups au but, transformant les navires ennemis en nuages de vapeur et de gaz incandescents...

— Non ! haleta Klein. (Ses yeux étaient dilatés d'horreur et d'étonnement.)

— A quoi donc vous attendiez-vous ? (La voix de Thora montait, triomphante.) Nos armes sont efficaces !

— Klein ? interrompit Rhodan. Nous attaquons. Vous larguerez deux bombes à gravitation. Objectif : la plus petite des Six Lunes. Elle est déserte. Il ne s'y trouve qu'une station topside de repérage automatique. Je m'en approche à trois secondes de lumière.

Le croiseur fonçait toujours sur son erre. Rhodan n'avait commencé que le plus tard possible sa décélération, voulant franchir à grande vitesse le premier barrage ennemi. Véga XL emplissait maintenant les écrans de sa masse ; quatre des Six Lunes étaient bien visibles. Le numéro Trois, la plus petite, venait de sortir du cône d'ombre de la planète.

Les calculatrices de Klein entrèrent en action ; un signal lumineux brilla. Distincte au centre du viseur, la Lune Trois apparaissait.

Klein hésita une seconde : puis il appuya sur un bouton — un seul, cette fois.

Les tourelles crachèrent deux formes étincelantes, spirales de clarté bleue profilées en torpille, et qui n'avaient, en fait, rien de commun avec une bombe, au sens terrien du terme.

Immatérielles, elles se déplaçaient à la vitesse de la lumière et, basées sur une forme d'énergie supérieure, n'appartenaient pas à notre plan de l'univers.

Dans un éclair, la Lune Trois disparut. Elle n'éclata pas en morceaux, ne fondit pas en torrents de lave : simplement, elle cessa d'exister, les deux bombes l'ayant dématérialisée et précipitée, selon les lois d'une mathématique quintidimensionnelle, dans l'hyperespace. Ces armes, fines fleurs de la science arkonide, étaient les plus puissantes de l'*Astrée*.

A cinq millions de kilomètres au large de l'orbite de Véga XL, le croiseur s'immobilisa. La décélération avait duré dix minutes à peine.

Dans le poste central, le silence pesa. Les visages étaient sombres. Rhodan, lentement, se leva ; il semblait épuisé, physiquement et moralement.

— Nous attendrons ici, dit-il. Que ces Topsides soient des Non-Humains, des bêtes féroces, des monstres ou ce que vous voudrez, peu m'importe : je ne recommencerai pas ce que je viens de faire ! Nous attendrons ici, à vitesse réduite, et tant pis pour ce qu'ils pourront en penser ! Chaktor doit d'abord atterrir sur les Lunes. Klein, ne tirez que si l'on nous attaque, compris ?

— Comptez sur moi, commandant ! Je me répète que nous avions à nous défendre contre une flotte entière : sinon, comment pourrais-je encore vivre en paix avec ma conscience ?

Thora, peu portée aux débats intérieurs comme aux faiblesses sentimentales, passait déjà aux affaires pratiques.

— Je viens de consulter le cerveau P. Il a pu justifier, par des raisons logiques, notre inactivité présente. A la condition que l'amiral topside ait bien capté nos messages, il ne s'étonnera pas de notre expectative : pourquoi prendrions-nous des risques inutiles, puisque l'escadre de secours doit nous rejoindre d'un instant à l'autre ? La destruction de la Lune Trois sera considérée comme une manœuvre d'intimidation.

Une grimace, qui se voulait un sourire, tordit les lèvres de Rhodan. La destruction de la Lune Trois... Il venait, lui, simple Terrien, d'anéantir un monde... La puissance des armes arkonides, révélée dans toute son ampleur, confondait l'imagination.

Quelques minutes plus tard, les blocs-propulsion de l'*Astrée* se remirent en marche ; à la moindre alerte, le navire pourrait reprendre son accélération maximale. Pas un vaisseau topside n'était en vue ; mais les détecteurs signalaient une vive activité dans les parages des Six Lunes.

— Il n'y en a plus que cinq, dit Bully, d'une voix rauque. Et tout doit y aller maintenant de travers ! Le numéro Trois n'était pas bien gros : n'empêche, sa disparition a certainement bouleversé les forces d'at-

traction : ce qui se traduira par d'épouvantables
séismes !

— C'est bien ce que j'espère, soupira Rhodan.
Grands Dieux, pourquoi ne s'en vont-ils pas ? Pourquoi
m'obligent-ils à employer de tels moyens ? Pourquoi ne
s'avouent-ils pas vaincus, devant un pareil croiseur de
bataille ?

— Vous oubliez leur mentalité, dit Thora. Ils pren-
dront votre mansuétude pour de la faiblesse. Vous ne
les attaquez pas ? C'est donc que vous n'êtes pas certain
de votre absolue supériorité. Et cette déduction
enflamme leur courage !

— Peu importe. Je ne tenterai plus d'autres attaques.
Sauf pour sauver Chaktor. Mais les mutants y suffi-
ront... Nyssen ? Deringhouse ? Etes-vous prêts ?

— Parés, commandant !

Deux chasseurs attendaient dans les soutes de l'*Astrée,* avec quatre hommes à bord : Nyssen et
Deringhouse — que les soins de Haggard et l'extraordinaire science médicale des Arkonides avaient déjà remis
sur pied — Tako Kakuta et Ras Tschubai.

L'astronaute, maintenant, s'adressait à ces derniers :

— Tako ? Ras ? Tâchez de me tirer Chaktor et son
compagnon de la souricière ! L'*Astrée* vous couvrira de
son tir jusqu'à l'instant de votre saut. Vos couineurs
fonctionnent-ils ? Sinon, nous ne pourrions vous
retrouver.

— Tout est au point, commandant.

— Alors, allez-y !

CHAPITRE X

Il avait vu l'astronef géant, globe de flammes et d'énergie mortelle, passer comme un météore et se perdre dans les ténèbres de l'espace.

Ensuite, Chaktor avait eu besoin de toute son habileté de pilote pour traverser, à bord de son torpilleur en pleine décélération, le champ de bataille, en évitant ces nuages incandescents, qui avaient été des vaisseaux topsides. Puis il avait assisté à la disparition de la Lune Trois...

Les lézards l'attendaient. Leur flotte — ou ce qu'il en restait — se referma en rangs serrés autour de son appareil, pour l'accompagner jusqu'à la Lune Six, le plus vaste des satellites.

Chren-Tork, déjà, dialoguait fiévreusement par radio avec ses chefs. L'atterrissage, trop hâtif, fut brutal.

Les lézards avaient entrepris de transformer la Lune Six en forteresse ; mais les travaux étaient loin d'être achevés. Ces positions, Chaktor le constata, restaient encore très vulnérables. Aucun cargo n'était en vue ; on les avait sans doute renvoyés à Topsid.

Ils avaient littéralement traîné Chaktor et son copilote hors du torpilleur, ne leur laissant qu'à peine le temps de boucler les casques de leurs spatiandres.

Lorsque Chaktor se vit emmené d'un côté, et son compagnon d'un autre (Ses cris de détresse résonnèrent un instant dans le microphone, puis s'éteignirent soudain.) il sut que sa vie ne tenait plus qu'à un fil.

On le conduisit dans une vaste pièce hexagonale, avec de nombreux tableaux de commande et des instruments compliqués. L'atmosphère, bien qu'un peu pauvre en oxygène, était respirable, mais empuantie de relents musqués. Chaktor serra les dents ; il luttait contre une panique grandissante.

Les voix des lézards, sifflements aigus aux limites de l'ultra-son, lui torturaient les oreilles. Il ne distinguait pas l'un de l'autre tous ces visages étroits, écailleux et lisses ; les uniformes, seuls, plus ou moins chamarrés, selon les grades, pouvaient lui fournir un point de repère. Il reconnut Chrekt-Orn, l'amiral en chef, galonné et doré sur tranches, éblouissant comme un feu d'artifice.

La stricte discipline topside lui donnait ici droit de vie et de mort sur ses subordonnés ; ses ordres avaient force de loi. Il n'avait de comptes à rendre à personne, sauf à l'Autocrate.

— Halte ! cria une sentinelle armée.

L'amiral se tenait à une grande table, hérissée de manettes et de plots lumineux ; Chaktor s'immobilisa devant lui. Une fois de plus, il vérifia discrètement la présence, dans sa poche, de la capsule contenant les coordonnées de Capella V.

Chrekt-Orn et plusieurs officiers discutaient âprement ; le Ferrolien ne comprenait pas un mot de leur langue, mais le ton suffisait à lui donner froid dans le dos. Certes, il avait su, d'avance, que toute négociation serait illusoire. Mais il avait compté sur un meilleur accueil.

Qu'avait-on fait de son compagnon ? Qu'allait-on faire de lui ? Les lézards lui avaient enlevé son lance-rayon, la seule arme qu'il portât. Rhodan l'avait exigé, pour la vraisemblance de son rôle d'honnête parlementaire.

De minces griffes dures comme l'acier le maintenaient immobile, s'enfonçant dans sa chair lorsqu'il hésitait à répondre. Ces Non-Humains ignoraient aussi bien la pitié que le respect de la parole donnée : pour le royaume des Trois-Soleils et sa plus grande gloire, la fin justifiait n'importe quels moyens.

Un grondement sourd interrompit l'interrogatoire. Le sol trembla ; sur les murs, plusieurs ampoules explosèrent. L'amiral aboya quelques ordres, tandis que le séisme, peu à peu, s'apaisait. Chaktor songea que ce devait être une conséquence de la destruction du satellite.

Puis une lampe-signal s'alluma. Le fracas reprit, mais différent, cette fois : des astronefs décollaient, vague après vague. Le Végan réprima un sourire : l'*Astrée*, sans doute, approchait. Cette idée le réconforta.

— Les coordonnées, donnez-les ! exigea Chren-Tork, qui servait d'interprète.

— Pas avant d'avoir pu conclure un accord acceptable avec vous. Si...

Ils le jetèrent sur le sol, déchiquetant son uniforme à coups de griffes. Quelques secondes plus tard, l'amiral était en possession de la précieuse capsule. Il l'ouvrit ; puis un officier l'emporta en courant. Chaktor, satisfait, songea que les Topsides voulaient probablement faire

vérifier ces chiffres par une calculatrice électronique :
c'est donc qu'ils étaient persuadés de leur importance...

Des soldats le poussèrent devant l'amiral ; le Végan
frissonna sous le regard de ces yeux saillants, implaca-
bles.

— Que savez-vous de la venue d'une escadre de
secours arkonide, en provenance du système de
Capella ?

— Rho-Dan a envoyé un messager, à bord de l'une
de ses chaloupes, gémit Chaktor, que torturait l'étreinte
toujours plus cruelle de ses gardiens.

— Dites la vérité ! Mes hommes interrogent en ce
moment votre second ; son cerveau en mourra, mais
nous livrera tous ses secrets ; voulez-vous subir le même
sort ?

Le visage du Végan se crispa de peur et de colère. Ils
en étaient donc là...

— Je dis la vérité. Rho-Dan attend des renforts : je
l'ai appris par l'une des femmes de son équipage, celle
qui nous a fourni les coordonnées en question.

Une vive discussion suivit, entre les officiers de l'état-
major.

— Les assertions du prisonnier recoupent le texte du
message que nous avons capté et décodé, souligna
Chren-Tork. Cela signifie que la planète de ce Rho-Dan
se trouve en ce moment à découvert, en l'absence du
gros de sa flotte. Si je puis me permettre de donner un
avis...

Chrekt-Orn l'interrompit d'un geste. Esprit logique, il
voyait clairement que la forteresse des Six Lunes était
indéfendable. Il fallait donc changer de tactique :
Capella V serait une proie facile.

De nouveaux rapports affluaient sans cesse. L'astronef arkonide croisait toujours au large, mais n'attaquait pas.

— Ils attendent. L'arrivée de la flotte ne saurait donc plus tarder.

Un officier entra ; il apportait un résumé de l'interrogatoire du second Végan.

— Le cerveau du prisonnier contenait bien les coordonnées que nous connaissons déjà. Il savait aussi que Rho-Dan compte sur des renforts : de nombreux croiseurs de la classe Impériale et de la classe Arkonis.

Chaktor fut informé de la mort de son compagnon. Il protesta et, pour la vraisemblance, tenta encore de rappeler aux Topsides les promesses de Chren-Tork ; on lui rit au nez.

Puis quelques soldats l'entraînèrent, pour le conduire à bord d'un astronef et l'enfermer dans une étroite cabine.

Les deux chasseurs jaillirent hors du sas.

Ils avaient la Lune Six droit devant, et, très loin au-dessous, la masse gigantesque de la quarantième planète. L'*Astrée*, qui suivait le même cap, piquait aussi vers la Six, concentrant sur elle toute l'attention des Topsides, qui ne remarqueraient peut-être pas la présence des deux petits appareils.

Derrière Deringhouse, Tako avait pris place, tant bien que mal, l'habitacle n'ayant été prévu que pour un pilote seul, sans passager. Nyssen volait à tribord ; Ras Tschubai l'accompagnait.

Sur les écrans, la silhouette du numéro Six se précisa.

— Attention ! dit Conrad, dans les microphones. Dans soixante-quatre secondes, nous serons à trente-

deux mille kilomètres environ de la Six. Je ne pourrai
m'approcher davantage. Ras, Tako, cela vous suffit-il ?

La question était pertinente. On n'avait pu, d'avance,
déterminer exactement jusqu'à quelle distance se risqueraient les chasseurs.

— Seigneur ! soupira l'Africain. Trente-deux mille !
Et avec deux armures à traîner ! Enfin, j'y arriverai.

— Moi aussi, dit Tako simplement. Notre entraînement sur Vénus porte aujourd'hui ses fruits. Tâchez tout
de même de passer le plus près possible.

Deringhouse approuva de la tête. Il accélérait maintenant à une vitesse maximale de cinq cents kilomètres à
la seconde. La Six grossissait toujours sur les écrans.

— Attention ! (C'était la voix de Rhodan.) Les
détecteurs signalent l'appareillage de plusieur unités :
ne coupez pas leur route. Je change de cap.

L'*Astrée* amorça un large virage, qui l'éloigna de la
Six. Celle-ci avait environ la grosseur de Sol I.

Les deux chasseurs maintinrent leur direction.
Deringhouse savait, par expérience, qu'il eût suffi d'un
coup bien dirigé pour le mettre hors de combat. La
sueur perla sur son front ; le climatiseur de son casque,
immédiatement, souffla un jet d'air frais.

Sur les écrans, les cratères déchiquetés du satellite
devenaient visibles ; puis, au pied d'une haute falaise,
quelques points brillants d'un éclat métallique : les
tourelles des forts construits par les Topsides.

— Attendez ! hurla Conrad. L'*Astrée* les occupe ; ils
ne nous ont pas encore repérés. Nous continuons ! Ras !
Tako ! ne sautez pas avant mon signal !

Les deux mutants avaient déjà enclenché les champs
protecteurs de leurs armures, qui les enveloppaient
comme d'une bulle où la température et la pression

restaient constantes. Un spatiandre était donc inutile ; il leur suffisait d'un respirateur.

— Fixons notre but, dit je Japonais. La plus grosse des tourelles : celle qui semble rougeâtre. D'accord ?

Les chasseurs piquaient vers la surface de la Six, dangereusement proche à présent. Les Topsides ne réagissaient toujours pas.

A cinq mille kilomètres d'altitude environ, Nyssen leva la main. Le tonnerre des canons radiants domina soudain le fracas des réacteurs.

Deux traînées de feu labourèrent les glaces éternelles du satellite, atteignirent l'un des forts qui ne fut plus, aussitôt, qu'une masse de métal en fusion ; quelques nefs, demeurées au sol, explosèrent.

— A vous ! cria Deringhouse, dont l'appareil, déjà, remontait en chandelle.

Lorsqu'il se retourna, la place, derrière lui, était vide.

— Tout va bien ? demanda Nyssen, la voix rauque. Mon passager s'est évaporé.

— Le mien aussi. Filons. J'ai l'impression qu'ils se réveillent, là-dessous.

La D.C.A. du fort encore intact entrait en action, mais trop tard. Les deux chasseurs s'étaient déjà perdus dans l'espace. Ils ralliaient l'*Astrée,* qui se trouvait, pour l'instant, de l'autre côté de Véga XL.

Par un effet de distorsion des rayons lumineux, les porteurs d'armures arkonides pouvaient, à volonté, se rendre invisibles. Ras Tschubai circulait donc librement à bord du vaisseau amiral des Topsides. Il avait débranché son écran protecteur : l'air, quoique malodorant, était respirable.

Embusqué dans un angle du poste central où, depuis cinq heures, l'état-major était réuni, discutant des dernières dispositions à prendre avant l'appareillage, il tenait Chrekt-Orn sous l'influence d'un radiant psi arkonide. Le commandant en chef de la forteresse des Six Lunes ne se doutait nullement de l'influence hypnotique qui s'exerçait ainsi sur son cerveau : il croyait avoir, de sa propre volonté, décidé l'abandon du système de Véga, pour aller attaquer, avec toute son escadre, Capella V, la planète du Stellarque Rho-Dan.

Ras avait également veillé à ce que les robots-pilotes soient programmés pour réémerger à un point très précis de l'hyperespace : celui que fixaient les coordonnées apportées par Chaktor.

Il agissait ainsi à la prière expresse de Krest, et se demandait pourquoi le savant paraissait y attacher tant d'importance. Rhodan s'était également étonné de cette requête ; mais il n'avait pas voulu contrarier le Stellaire. Après tout, les Topsides quittant Véga, qu'importait leur destination ? Ils pouvaient bien aller au diable...

Tako, de son côté, avait pour mission de retrouver Chaktor et son second. C'était à leur intention que Ras et lui portaient deux armures superposées. « Un poids, soupirait le Japonais, dont je me serais bien passé ! » Depuis des heures, il errait au hasard dans les coursives du vaisseau amiral, surveillant vainement le petit récepteur, où étaient enregistrées les longueurs d'ondes mentales des deux Végans. Ceux-ci se trouvaient-ils même à bord ? Tako n'avait aucune certitude. Peut-être les avait-on laissés à terre ? Ou, plus probablement, hélas ! exécutés ? Si seulement John Marshall ou l'un des télépathes avait pu l'accompagner, l'affaire eût été réglée en dix minutes !

Un poste minuscule, merveille de la microtechnique végane, caché dans l'oreille droite de Tako, lui permettait de demeurer en liaison avec Ras Tschubai.

La quête du Japonais devenait de plus en plus périlleuse : le navire grouillait de marins se hâtant, fébriles, le long des coursives ; Tako devait sans cesse prendre garde à n'être heurté par personne. Il soupira. Son récepteur avait soudain cliqueté : contact trop bref, rompu aussitôt.

— Tako ? (La voix du Noir n'était qu'un souffle.) Ici, Ras. Il est temps. Appareillage dans un quart d'heure. Les avez-vous trouvés ?

— Pas encore. Et vous ? Tout marche bien ?

— A merveille. J'ai l'amiral au bout de mon hypnotiseur : il croit que la flotte de Capella va faire surface d'une seconde à l'autre. Comme il n'a pas envie de se laisser écraser, sans défense, dans son fort des Six Lunes, il presse le mouvement et tempête : tout ne va pas assez vite à son gré ! Je reste ici. Continuez à chercher.

Tako reprit sa marche. Et, pour la seconde fois, son récepteur s'anima : l'un des Végans, au moins, devait se trouver dans le voisinage — la portée du détecteur ne dépassant pas dix mètres.

La coursive se rétrécissait ; de nombreuses portes s'ouvraient des deux côtés. Tako s'avança, puis fit halte devant l'une d'elles ; il débrancha le récepteur, dont le cliquettement, de plus en plus net, risquait d'attirer l'attention. Il regarda autour de lui : personne en vue. Prudemment, il frappa du doigt le battant : trois courtes, une longue. On lui répondit aussitôt : le même signal, mais inversé. Le Japonais sourit, soulagé ; il touchait au but.

Il se téléporta à l'intérieur de la cabine et, hâtivement, ôta sa première armure.

— Pour vous. Ras en a une seconde pour votre compagnon.

— Inutile. Ils l'ont tué.

Une fois Chaktor équipé, Tako ressortit. Toujours personne en vue. Il fallait ouvrir la porte au Végan ; un mince jet de son désintégrateur eut vite raison de la serrure.

Un sourd grondement retentit alors ; les cloisons vibrèrent.

— Ils décollent ! (La voix de Ras, imprudemment élevée, lui vibra comme un gong dans l'oreille.) Où en êtes-vous ?

— Chaktor est avec moi. Nous nous dirigeons vers le poste central.

— Bien. Je vous attends devant la porte.

Les deux hommes, invisibles, se mirent en route et rejoignirent l'Africain. Un bref dialogue s'engagea.

— Vous ne ramenez que Chaktor ? Oui ? Ils nous le paieront ! Chaktor, écoutez-moi : êtes-vous certain de savoir vous servir de votre armure ? Une erreur, et vous seriez mort !

— Ne vous inquiétez pas. Quel est votre plan ? Je n'ai pas les même facultés que vous !

— J'ai exploré les environs. Cette coursive mène à une soute contenant des canots de sauvetage. Elle est vide. Avec mon désintégrateur, je percerai une ouverture dans la coque extérieure ; l'air s'échappera et nous entraînera dans le vide.

Ils pénétrèrent prudemment dans la soute, dont ils refermèrent le sas derrière eux. Le vaisseau amiral, de seconde en seconde, accélérait : en trois heures, il atteindrait la vitesse de la lumière et plongerait dans l'hyperespace.

Ils traversèrent la soute.

— Parés ? demanda Ras.

— Parés.

Il régla son désintégrateur à pleine puissance. Une large portion de la paroi s'irisa, devint transparente et, soudain, disparut.

L'air, avec une force d'explosion, s'échappa. Chaktor se sentit emporté comme dans une tornade ; un cri d'effroi s'étrangla dans sa gorge.

Quelques secondes plus tard, tout était terminé. La nef topside n'était plus qu'un point minuscule, vite disparu parmi d'autres points brillants : les étoiles.

Les deux Terriens et le Végan flottaient dans l'espace ; grâce à leurs réacteurs individuels, ils purent se rapprocher et s'encorder solidement.

Ils n'avaient plus maintenant qu'à attendre. Les « couineurs », comme un radio-phare stellaire, émettaient inlassablement leur signal : l'*Astrée* le capterait et viendrait à leur secours...

— Attention ! Plongée dans 10,23755716 secondes, annonça la calculatrice.

L'astronef avait atteint, comme les vaisseaux topsides en fuite, la vitesse de la lumière. Rhodan se penchait sur les écrans d'observation visuelle.

— S'ils plongent maintenant, c'est qu'ils s'en seront tenus exactement à mes coordonnées, dit Krest.

Son visage était impassible, mais, dans ses yeux, couvait un feu sombre. L'astronaute, surpris, le regarda :

— Vos coordonnées ? Je vous avais seulement prié de
vérifier les chiffres que je vous avais fournis. Je...

Rhodan n'acheva pas sa phrase. Les Topsides, à la
seconde prévue, avaient accompli le saut dans l'hyperespace. Le champ énergétique qui protégeait l'*Astrée*
s'embrasa ; le navire tout entier vibra comme une
cloche. L'ébranlement de l'espace normal à quatre
dimensions était tel qu'un astronef de plus faible tonnage en eût été détruit.

Lorsque l'ouragan cosmique s'apaisa, les trois cents
unités de l'escadre topside avaient disparu.

Rhodan jeta un coup d'œil à sa montre.

— Dans quelques instants, ils vont faire surface dans
le système de Capella. Bon vent les pousse ! Nous en
voilà débarrassés. Je me demande quelles seront leurs
réactions : ils s'apercevront vite qu'ils ont été bernés.

Krest s'avança lentement ; il se tenait très droit,
majestueux et grave comme un juge.

— Ils n'auront pas le temps de s'en apercevoir, dit-il.
Car ils n'ont pas réémergé dans le système de Capella,
mais au cœur même de cette étoile. Je regrette, Perry ;
je suis arkonide et je défends les intérêts du Grand
Empire. J'ai fait ce que me dictait mon devoir : vous
n'en portez en rien la responsabilité.

Rhodan, foudroyé de stupeur, laissa, sans un mot,
s'éloigner le Stellaire. Thora le suivit : sur le seuil, elle
se retourna :

— Voyez-vous, Perry, c'est ainsi que ceux de ma race
ont coutume d'agir. Personne n'a jamais pu ni ne pourra
jamais construire un Empire galactique par la douceur,
le pacifisme et la diplomatie. Pour faire de la bonne
politique, il faut un peu plus, croyez-moi, que de bons
sentiments.

La porte se referma derrière elle. Rhodan chercha le regard de Bull, puis des autres Terriens. Il était blême. Tous se taisaient.

— Nous avons encore beaucoup à apprendre, dit enfin le Dr Haggard. Dans le principe, d'ailleurs, elle a raison.

— Je me refuse à l'admettre, docteur. Nous avions contraint, par la simple force d'une intelligence logique, les Topsides à la fuite, sans verser de sang inutile. Cette méthode a réussi une fois ; elle réussira encore, à l'avenir. Car nous continuerons de l'appliquer... Bull ? Nous rallions Ferrol.

L'astronaute, à son tour, quitta la pièce.

Il ne songeait pas sans frémir à cette escadre qui s'était perdue corps et biens dans le fournaise de Capella.

Achevé d'imprimer le 10 mai 1980
sur les presses de l'Imprimerie Bussière
à Saint-Amand (Cher)

— N° d'impression : 889. —
Dépôt légal : 2ᵉ trimestre 1980.

Imprimé en France

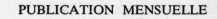

PUBLICATION MENSUELLE